KB197946

매화 꽃잎 여는 소리에

온몸이 떨린다

매화 꽃잎 여는 소리에
온몸이 떨린다

정소란 시집

생각나눔

시인의 말

보기보다 예민하고
알고 나서는 더 민감한 자신임을 알고 있다.
그렇기 때문이었을까.
나는 하고 싶은 말을 다 하려는 것보다
어떻게 하면 조심스럽고 완곡하게 전해질까 고민하였다.
그것도 힘들면 아예 감추어 닫아버린 글.
그런 글의 덮개를 다시 열어 보니
나의 숱한 시간이 문장에 들어있었다.

시집을 내지 못했다.

낡은 책상처럼 얼개가 부실해진 시도 있고

먼지를 후 불어내니 반짝거리는 그날이 보이는 시도 있다.

부디 어느 한 편이 어떤 이에게는 마음을 마름질할 수 있기를

비루한 시집을 엮어내면서 이런 마음을 가진다는 것은 과욕일까

어쩌면 한 잔의 차를 나누는 것이 더 위로가 되는 것은 아닐까.

2024년 11월 정소란

목
차

제1부

2부

3부

4부

5부

1부

M(magnetic)
R(resonance)
I (imaging)

이불 굴에서 잠들던 어린 날 기억을 해야만 했다
몸에 깃든 소음의 수백 배가
일제히 머릿속에 각인되는 악몽을 받기에는
내 몸은 아직 청신하였다

기계는 무서운 소리만 만들어 내었다
십수 년 전 아버지가 들었던
'무슨 그런 소리'에서
나는 아버지의 생각을 알아내려 했고
그 소리와 비슷한 고향의 소리를 찾으려고 했다

얼마나 큰 공명으로 몸을 칠지 기다리면서
열린 그대로 힘을 뺀 귀 안으로
나를 부르는 어머니 목소리가 들어오게 하였다

끝내 발을 저어 무력한 이불을 걷어내고

얼굴 맞닿은 벽에 중얼거렸다
'나 좀 꺼내 주세요'
자기장에 휩싸인 나를 그는 보지 못하고

크아앙, 끽끽. 그으으으, 쿠국쿠국,
테엥텡텡, 피슝빠슝, 끼리리릭

어지러운 우주 속 조각난 행성이 되어
차라리 혼절을 기도하는 사이
먼 산에 누운 아버지 어머니 생각에
소리가 잦아들었다
굳은 허리가 가라앉았다

각색

물에 닿은 대기 한 겹까지

초록물에 갇힌 무시한 형벌

강을 미처 벗어나지 못한

구원을 기다리는 흰 새와

마주친 눈 속에서

급히 적어내린 사연을 읽은 줄 알았다

멀리서 알아버린 동정

타고 있던 차는 빠르고

바퀴에 감기는 바람은 더 빠른데

돌아갈 길을 찾는 흔들리는 나에게

당신은 초연한 감탄을 했어

산 하나가 물에 다 들어갔어

걸쭉한 초록물에 발이 걸려

흰 새 긴 다리가 벌 받는 줄로 알던

굴절된 내 동공에

웃으며 들어온 당신은

흰 새의 배경을 밀어내고

산을 본 거야

저 강 따라 걷는

반 낮을 빌려 온 날

낮달이 하얗게 차창에 떴지

갱년기

가다가 돌아보는 일이 있어도
다시 시작하는 은근한 고집
단전에 모인 갖은 이야기
낱낱이 기억하는 시대가 닥쳤다

흘려보낸 긴 강에
흔들리는 약속도
돌아오지 않을 줄은 이미 알듯
가늘어진 종아리에 고단한 바람이 분다

사람 사이에 어느새 돌아눕는 본성
그 곁으로 빗소리에 흔들려
어깨 감싸 안은 날
터져버린 울음이 길을 내었다
발갛게 물드는 오후
누가 문 앞에서 웃어주었으면

겁怯

코로나 19시대에 살며

준비 못 한 이정표로 흘러온 유전인자
누가 그들과 화평하지 못하고
조용하고 가련한 손짓을 밀어내나요?
감히 스며드는 목소리로
저 강렬한 선을 긋는지
그러지 말아요, 열꽃이 피고 있어요

멀리할수록 급하던 숨소리
해독할 수 없을까요
누구라도 저들이 남기는 표적表迹을 읽어요
아, 어머니
호흡기를 걷어야 할까요

가려지는 얼굴들만 눈이 빛나는 밤
밀명을 들은 자들이 사라지는 밤
시선을 잃은 자들은 아직도 숨어들 곳을 찾는 밤
무서운 말들이 산란하는 낮을 피한
격돌하는 행성들이 웅성거리는 밤

나는 어디로 사라져야 하는 걸까요

땅에 닿지 않고도 자생이 훌륭한 나무
저들에게 줄 수 있는 가지 몇을 잘라도 될까요
까맣게 잊어버릴 시간이 오기 전에
신단수神檀樹 맑은 물을 얻으러 갈까요
아, 어머니
분열하는 염색체가 요동치고 있어요

겁쟁이

걸음이 느린 달은 야박한 크기만큼
살을 떼 낸 흉터만큼 눈물이 많아서
길바닥이 솟구치다 꺼지는
침몰을 즐기나 봐요

양팔 내저어 바람을 쥐다 놓아도
어둠은 점점 깊은 웅덩이로 몰려가네요
건물 사이 겨우 지난 바람의 온도가 높고
뻣뻣한 종아리는 허물어지네요

심장을 흡수하는 검고 긴 동굴
한발만 움직이면 덫은
발목을 엮을 준비가 완전한 것 같은데

돌아가는 길은 몰아쉬는 호흡을
이해할 거리에
가로지를 용기는 두지 않았어요

긴 머리카락도 걷어쥐고
종아리를 흔들고 돌아오면서

"나는 달빛이 모자라서 갈 길을 잃었으니
기다리는 건너편은 그만 돌아가세요"

경치를 그려보면

길게 뻗은 가죽나무 윤기가 돌고 거미줄에는 이슬이 촘촘하다
까맣게 익을 날이 머지않은
어떻게 약으로 쓸지 모호한 헛개나무 열매는
새가 먼저 먹는 편이 나을지 몰라

검붉은 복분자는 가지를 흔들어 벌써 술잔을 기울인다
무화과는 잎만 만져도 맛이 나고
호박잎 잔털에 어린 사마귀가 논다
이랑이 비좁은 고구마 줄기는 밭담 넘어오는 길이
혼자 가는 여행처럼 자유로워 보여
어린순 무성한 대숲에 드나든 바람이
키를 키우고 품을 넓혀주는데

점점 산에서 내려와 만들던 원추리 꽃밭에
파리한 얼굴에 주황 꽃물 들도록 어머니가 노시는지
돌아본 그때 꽃잎 하나 떨어진다
그대로 모르는 척 고개 돌리니
수많은 별을 품은 함박한 수국

속살까지 보여 주니 물빛이 가득해
아마도 어머니가 보고 갔을 저 물빛이
두고 간 젖은 속내일 거야

한 겹씩 진해지는 어둠을 미는 나는
누구에겐가 말이 하고 싶어진다
집으로 가기 전에 잠시만 울고 싶어진다는
한 번도 하지 않은 아주 쉬운 말

고요한 밤

고요하지 아니한가. 갈 곳을 정하고 걸어 본 적이 언제인지 발끝에 걸리는 누군가는 하루는 아침으로 시작한 것이 아니라 경우에 따라서는 저녁이나 밤이 된다고. 겨울눈도 가만 보면 꽃눈이 도사리는 봄이 잔뜩 옷깃을 세운 여행객 같아 보이는 것처럼.

어디로 오라고 한 건 아니지 않나. 잠은 날마다 함정에 빠지게 하고도 기억의 구간이 없어지지 않는 것은 리듬을 잃지 않는 사막의 모래무늬. 때론 흩어지던 모래가 단단히 굳어가는 시간처럼 신기하지 아니한가.

에너지를 뿜어내는 블랙홀을 지나면 거침없이 내딛는 거대한 하루에 부기 빠진 손가락에 바람을 걸러내고 다하지 못한 일을 기억해내는 것. 온도에 맞춘 언어를 만들어 흔드는 저 이상한 달을 보는 시공에 걸린 나도 괜찮지 아니한가.

고요히 바라보면

나는 집요한 그것
묶어둔 시간을 아직도 말리고 있다
햇살이 등에서 밀어붙이면
고개 돌려 선한 눈빛을 하지만
말라가는 볕의 꼬투리를 교묘히 끌어다
말없이 피다 저버린 꽃대에 또 묶어버린다
끝난 줄 알았던 장맛비가 세찬 날
누군가 숨넘어가는 소리를 기다리는
문 앞에 선 바람을 위해 숱한 구멍을 내고
흘려보낸다 가벼운 탈출을 돕는다
그런 낮을 보내고
바람은 높아 가는 하늘을 기억하고
달은 급하게 공전의 궤도를 바꾸었다
죽어도 외롭지 않을 거라는 이상한 약속을 하고서야
결박하던 시간에 켜켜이 새겨
다시 만들어지는 정원에 꽃이 쏟아낸 비린내를 묻어둔다
사람들은 둘러서서 기이한 그 현상에 질문을 던지고
이룰 수 없는 꿈을 꾸러 간다
은파 흥건한 바다. 다시 고요한 바람을 기다린다

고향 집 앞 우물가에 앉아서
몇 마디 올리는 말씀

이미 빈집이 된 이 집에서는 내가 잤던 방이 있어도 잘 수가 없습니다. 마당에는 풀이 나무가 되었고 삭은 방충망을 뚫고 스륵 스르륵 집 안으로 들어가는 담쟁이 끝 눈을 잡고 그것만 걷어냈어요.

주방에는 냉장고 돌아가는 소리와 수도를 틀면 쇳소리로 얼마간 쇳물을 뿜어냅니다. 쌀은 하얗게 백선을 앓는 손톱처럼 물기를 기다리고 생수도 생선도 얼어있는 냉장고를 열고 군내 나는 밥상을 차려 내는 그이가, 기다리는 누군가는 언제 올지도 모르는 곳에서 서성인다죠.

취사를 누르면 주황색 불이 들어오고 애국가 1절을 부르고 나면 뜸이 끝나던 압력솥을 아끼던 그이. 알맞게 뜨겁던 믹스커피 한잔을 들고 선창에 서서 부르던 동백 아가씨.

카슈가 벗겨진 나전 장롱 속에는 알뜰히 씻어 둔 이불도 있고 큰딸 첫 아이의 돌 사진과 가족사진 아래로 올리브색 전화기도 있고 보일러를 틀면 온기 나는 방도 있다. 도무지 거품이 일지 않을 조

약돌이 된 비누가 있는 화장실에서 빈 배 속에 가르랑대는 울음
도 비우고 물을 내리면 재빨리 바다까지 보낼 수도 있지요.

나뭇가루 버석거리는 평상은 치우고 그이 즐기던 삭아 넘어진 긴
의자에 메주 누르던 돌을 찾아 괴어두고 왔어요. 마당을 쓸어 먼
지를 내보내고 장롱 열어 바람 넣어 이불도 펴고 하룻밤 길게 잠
을 자고 싶습니다.

어디쯤 가셨나요? 조심히 다녀오세요. 먼 길 간 당신들 없는 동안
고라니 한 마리 다녀가네요.

관능은 숲에서 훅 들어오고

기척이 낯선 소리에 귀를 대다가
새 한 마리가 지붕을 걷는다는 것을 알았다
공기가 헐거운 아침에는
새 발걸음 소리가 나는
섬세한 물결처럼 흐르는 때인 것을

삶이 고단하던 지난밤은
귓속까지 눈물이 흘렀고
가르랑대던 소음을 넣고 잠이 들었다
건조한 잠은 끝없이 꿈속을 걸었고
울음 터지는 몽정을 하게 하였다

잎맥을 펴는 밤나무는 성성해지고
길고 노란 꽃자루가 곁눈마다 달리면
향이 무거운 유월은 떨어져 흔들린다

들큼한 밤꽃 향은
자꾸만 오므리는 내 미골에 머물고

잦은 외출도 멈추게 할 것인데

그만 일어나야겠다
유월 숲에서 따온 밤꽃
걸어두고 보는 관능

그 섬에 가는 꿈

동백분재를 보고

먹먹한 마음을 내보인 동백 맑은 향이
길을 내는 숲에서
집을 잃다 돌아오는 꿈 이야기를
차향도 밀어내는 탁한 방에서 전하는데

무릎에 앉힌 몸 구석에 상처를 새겨 넣고
눈물만 닦아 주는 아둔한 사람은
산비탈 다 내려가도록 그치지 않았던 꿈을
해무에 섞어 보내던 새벽

떨림은 차가워 먼 날에 밀어 넣고
무의식의 온기에 속았을 가련한 개화에
환유는 빨갛게 식어간다

체온을 잃어가는 웃음이 멎을 즈음
스치며 만나자는 한 줄 약속을 기억하는
동백은

거대한 꿈을 심었던 바다 건너
바다에 빛이 부서져 만든 섬
여울목 넘어가는 곳에서
배를 띄워 바람을 기다리는 해후

그냥 산을 한 바퀴 걸으면서

이슬을 깨우면서도 꽃을 못 봤어
잎 사이 얼비치는 햇살을 보느라
무심한 시선이 꽃잎 벌어져 합치는
찰나를 놓쳐버린 꽃 굽이에
헛걸음만 했는지 자책을 흘린 거야

날마다 운무에 씻어내는 산허리는
가는 새소리만 얹어도
간지러운 속살을 흔든다는 이야기를
눈 가리고 보고 가던 바람이 알려줬지

흘림이 온유한 쪽빛 음성을
달랑거리는 산나리꽃 겨드랑이에 감추고
언제든지 온다는 약속을 했더랬지
우리 엄마가 밭을 매고 오던 길에

겁 없이 흐른 시간은 쌓여
목덜미에 묻은 주름을 펴면서

엄마, 엄마 부를 줄을 몰랐는데
산안개 짙어지는 그 밭을
이곳까지 옮겨와서
눈 감고 걸어보는 숲에
당신의 나무 몇을 기르는 거야

그녀

창밖에 산물 흐르는 소리, 오래된 밤나무에서 잎이 커지는 소리, 풋밤 익어가는 소리가 간간이 들리는 밤에는 오래전 남편이 밤나무에 매어준 그네가 기다린다는 생각, 차마 밤에는 그것을 타러 가지 못했던 그녀가 그 생각을 하는 것은 마음이 조금씩 스산해지는 계절이라는 것.

무섭다고 하면서도 거울이라도 보게 되면, 그녀는 한층 더 괴기스러운 표정을 하고 마치 담력이라도 키울 듯 빤히 들여다보기도 하는데, 결국은 인생의 모든 관계에 있어서 이별이라는 것이 분명히 존재한다는 것을 알고 공포의 극단인 죽음도 별 두렵지 않겠다 깨닫는 것도 이런 시간까지도 애석한 나이라서 그럴 테지요.

창밖을 내다보지도 못하던 그녀가 모든 창을 열어 밤나무에 매인 채 흔들리는 그네에 달이 먼저 앉아 있는 것을 보며, 가까운 곳에 오소리와 어린 멧돼지와 밤 뻐꾹새 함께 노는 비교적 살면서 보기 힘든 자연의 조화에 넋을 잃고 바라보며, 점점 건조해진 눈 속에 그 다정한 모습을 한 편이라도 더 담고 싶은 것은 만물의 끊지 못한 정이 많아서지요.

긴 장마에 숲이 커지고 짙은 밤의 빛깔과 초록이 검푸르게 변한 앞산 너머에도 그녀와 같이 밤을 서성대는 이가 또 있을 거라고, 잠시 흐르다가 부신 햇살이 조잘대듯 은하수가 다시 흐르는 하늘을 보는 것은 멀어지는 환상을 억지로 가질 수 있는 나이는 아니라는 것을 너무도 잘 알고 있다는 것이고요.

관찰

꽃에 물을 주다가 물줄기에서 선율을 흥얼거리는 피아노를 치던
아이는 꽃잎 만지는 손이 어린 새 몸짓 같아서 자꾸만 훔쳐봅니다

아이가 들려주는 재즈는 겨울 한낮을 유채꽃 향기로 채우고
따뜻하게 비를 맞는 라벤더처럼 한 계절 더 만들어 냅니다

연주는 시간이 흐를수록 느려지고 성장을 쉬는 나무처럼 고요한
표정으로 사람이 모이는 시간까지 알맞게 분배하는 아이
꽃잎 사이 빗물을 털어내는 아이는 가슴이 동백보다 붉습니다

동박새 기다려 연주하는 아이의 손끝이 빨개지고
건반에 피멍 들기 전까지 동박새는 너무 늦지 말기를

그러니까 첼로지

귓속과 머릿속 중간에 깃든 소리는
처음부터 데시벨을 가늠하기 어려웠어
소리는 지루하게 날카로웠고
정신을 혼미하게 만들어 버리면
나는 반만 뜬 눈으로 아랫마을을 보고만 있었어

갖은 모양으로 사람을 길러낸 집을 보다가
그 속에서 나온 사람은 어디에서 어떤 모습으로
오늘을 보내는 중일까를 생각하는데
물처럼만 흐르도록 틀어놓은 음률이
그들은 어딘가에서 물과 같이 흐를 거라는
내 생각에 대답해 오는 거야

그때부터 나는 이미
첼로를 좋아했다는 것을 알았어
첫 마디는 그의 음성처럼 읊조리더니
현저한 몸통을 가지고 나서야
밀어내기 시작하는 변주곡
푸른 음성이 긴 너울로 웅얼거리기 시작한 거야

그리움은 자다가도 덮쳐오고

아이 같은 울음이 터져 나온 건
자려고 누운 창가에서
달이 기울어 흐르던 산으로
얼굴 돌려 바람에게 맡기고
서늘한 바람이 일 때

미열이 돋은 뺨에 바람을 부비다가
쉽게도 먼저 간 사람을 용서해버린
그런 일들이 생각나서
원망할 목록을 적는다

깊은 밤에 깨어나서 심장에 다지는 것은
혼자서 견뎌내는 이 위기의 날들에 대해
아직도 끝을 보여 주지 않는
사려 깊은 운명에 고마워해야 할까

앞산은 새벽으로 넘어가느라
찬 하늘에 닿은 둥근 선이 움찔 흔들린다

달 아래 풍경곡豐慶曲 몇 자락 흘리면
나는 이 비트(beat)에 흔들리고 싶다
흔들리다 잠들어도 좋겠고
빈 고향에도 달빛이 흐를 테니
서러운 가슴 내보이는 곳으로 흘러가도 좋겠다

그림을 완성하면서

말라버린 붓 끝에 쌓인 먼지가
훅 불어오던 소나기도 멈추게
봄이 갇힌 웅덩이에 가라앉았다

엎드린 매화 그림자는
왜 거기서 날개를 준비하는 비익조의
비밀을 덮어 버렸는지
풍등을 날리던 바람도 돌려보냈다

숨을 끊어 놓았을까
지독하게 눌러 놓았던 보풀이 일고
먹물에 적셔 뿜어대던 한숨이
꽃잎 여는 꿈에 보이고

봄이 이 땅에 남긴 안부는
매화목 강렬하게 뻗는 가지에
향을 걸어 피우는 일

자꾸만 출렁대는 절기에
서둘러 글을 남기고
노거수에 툇점 놓아
이제야 예우하는 입추

그립다 말을 할까

낮게 흐르는 밤 기척에 내민 얼굴
숲에 싸인 구름이 말간 달을 벗긴 밤
멀리 가는 길 앞에 심장이 저릿하다

사랑이 봄같이 지나는 날
벅차게 솟는 새잎처럼 연한
반만 하고 돌아가는 당신 생각에
청 깃을 달아 준다면 은하도 건너가서 품어 올 텐데

비취색 하늘에 남은 반을 펼치면
당신 데려오는 길이 되겠고
화석에 아로새긴 그리운 마음은
건너는 여울목에 돌다리로 놓아야지

아무리 생각해도 꽃 같은 삶에 깃든
서정도 가르치는 사람
유영하는 달무리로 있다가
오로라 긴 빛으로 멀어져 간다

그렇다, 그렇다

온도가 달라도 피는 비밀
해설을 기다리는 꽃은
바람 찬 길에서 밤을 버틴다

패배를 모르는 겨울바람은
이대로 서 있으라는 강한 배려를
질긴 뿌리에 감아 놓고
서 있어야 한다, 기다려야 한다
선명히 읽을 수 있는 사람을

제대로 고개 끄덕여 줄 독자 하나
여린 사물에 눈을 맞출 시간을
거대하게 흘러가는 밤의 구름이
만들어 주는 날
오늘이 그렇다는 그 말

2부

그만한 일로

당길 수 없는 달 바라보는
아득한 시공에 앉으면
달은 누구를 보기 위한 거울

심연에 웅크린 그늘이
심장처럼 뛰는 지금
울음 치미는 얼굴이 빤히 쳐다봅니다

충혈된 눈으로 그린 자화상은
달에 걸리도록 보내는 소지燒紙
더 높이 떠서 먼 산을 넘기 전에
매섭게 지우는 얼룩입니다

길 1

기다리는 본성 위에
비튼 질문 하나를 흘리고 간다
물음에 얹은 웃음에 검게 써 놓은 진언
가면이 빼곡히 겹친 난해한 타로처럼
사람마다 해석이 서툴다
차라리 하던 대로
몸을 바치든지 빌려주든지
아깝게 울었던
강물만 유유히 흐른다
엎드려 기어가는 위태로운 여정
겁도 없이 힐끔거리며 돌아볼수록
사라지는 글
눈앞에서 벌어지는 별똥별 지는 일
꼬리뼈에 따라붙는
시끄러운 수레바퀴

길 2

시커먼 산그늘 구부러져 품더니
늘씬하게 완만해지는 수법을 부려
돌고개 몇을 만들어 아찔하게 넘을 때면
허전한 심장에 쉴 새 없이 별이 뜬다

잡목이 들쭉날쭉 헝클어 놓아
비상하는 작은 새가 되기도 하는
뜨끈한 바닥을 박차고 날아 도착한 검은 지평선

치솟아 기다리는 홍송의 사열처럼
교지에 적힌 흐릿한 왕지王旨
도드라진 간격대로 흔들리고
박석 위로 들리는 어렴풋한 말굽 소리가 숨 가쁘다.

두려운 눈물이 그득하고
치뜬 눈 너머에 반편 달이 보이면
덥석 잡은 손처럼 녹나무 덮인
누렁소 굵은 목을 타고 넘는다

검은 나뭇잎 속 바람이 지나고
치열했던 여름이 너럭바위에 놓인
성급히 넘은 고갯마루 산 짐승 소리로 요란하다

목 안에서 커진 겁怯은 내리고
산 너머 물 닿은 마을
설핏한 달빛이 바다에서 기다린다

꿈에 건진 달

그립기 시작하면 눈 밑이 부풉니다
눈 밑이 부풀면 까만 동공에 맺히는
푸른 나무 어머니는 그 위에서 손짓합니다

그것으로 다 할 수 없는 언어
어머니는 생전에 불렀던
섬마을 선생님이나 동백 아가씨를 불러
온통 머릿속을 출렁이게 합니다

눈을 앙다물어 숨겨볼수록 어머니는
밀물에 비릿한 갯내로
또 다른 감각을 열고 옵니다

해초 같은 기억은 휘감겨 오고
그리움은 한겨울 새까만 돌김처럼
온몸에 돋는데
뼛속까지 그리운 어머니
부상扶桑의 그 나무를 마당에 심을까요

밤마다 물결 젖은 달이 어머니 같아서
물속에서 건져 오지만
흐느낀 눈을 뜨면 실처럼 엉킨 그리움만
새벽 창에 쏟아집니다

기다리는 꽃

산란, 그 음산하고도 가슴 눌리는 절기를 보내버렸다

소리 내어 울 곳을 찾는다는 것은
아무리 삼켜도 참을 수 없는 궁금증에
밤을 열고 나가는 뒤꿈치 따라가는 빛살처럼
영 놓을 수 없다는 말

향이 폭발하는 순간은 성급하다
열꽃 덮인 상처는 당신의 몫으로
새 울음 같은 음조만 남았다

흔들리는 눈빛이 멀어질 때쯤
통곡하고 남은 헐거운 화첩에
그려 넣은 꽃잎 따라온 향이
몇 가지 꽃을 정하고 검은 흙을 두드린다
동면하는 검은 씨앗이 꽃이 되는 경계

끊음질

이름에 걸맞게 드러내는 속살의 채도
바닷속을 읽던 입술이 갖은 언어로
빗금 치는 햇살에 빛마다 다른 이야기

말을 거는 법을 몰라도
손끝에서 소곤거려 전하는 것은
음색 또렷한 고집
한 가지씩 물빛을 놓고 나면 어느새
십삼월의 여름이 웃고 있다

집중에 흐느끼는 피부 속에서
못내 흐르는 영근 이슬
잘게 부순 물빛도 당겨 적신다

한 몸 커다란 바다를 품어
그윽하게 일으켜 깨운 날
문밖에 나전을 끊어내는 소리가
자꾸만 속살거린다

나는

약내 나는 속 샅샅이 비우고
말라가는 꽃잎을 떼는데
툭 떨어지는 눈물

종일 먹지 않은 빈 뱃속에서
이슬 말라가는 소리
아이가 되고 싶은 거야

돌아가면 볼을 부비고
날개가 말라버린 겨드랑이에
얼굴을 묻는다, 깊숙한 울음이 터지고

마시던 차를 부어 굳어가는 당신의 궤도에
온기를 보내고도 도리어
파랗게 질린 얼굴

사람이 오다 만 길 가로수가 꿈틀대면
혈관을 열어주지 않았다

퀭한 눈빛에 손가락이 휘어지고
사특한 변주가 시작되었다

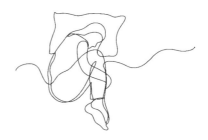

나의 사월

독하게 거리를 만들고 그늘을 씌웠다
거기서 건너오지 못하게
꽃이 되려던 나무의 밑동에도
독주의 쓴 잔을 묻은 것은 비릿한 향을 예감한 거지

이러는 심사를 알아야 할 텐데
이미 침몰이 끝나가는 다리도
보내버린 것을 알아야 할 텐데

본성과 다른 일을 하고 난 날
살아 있는 일이 서럽다는 생각을 하면
뜻밖에 나도 잠시 귀해지는 기분이
울컥거리며 올라와서
신호를 기다리던 허리를 곧게 세웠다

드러난 긴 경동맥이 주름을 펴는 목은
노곤한 잠을 흔들어 쫓듯이
그렁거리며 넘어가던 울음을 밀어내었지

황급한 걸음에 걸려 소화가 더디던
단전의 아래 딱딱한 사월의 독기를
종말을 넘긴 사과나무처럼 심어버렸다
낮달도 기울던 날이었지

평행선

눈 밑 떨리던 어느 날
몸에서 빠져나오는 물을
어린 새 다녀가는 길목에 놓았어
새는 작은 입으로 물을 쪼아먹었지
그럴 때마다 살갗에 싹이 돋고 나무가 되어가는 것 같아
아침과 저녁은 늘 바람이 오다 마는
산모롱이에서 갈 길을 정하는지
섬광이 생겼다 사라진 바위벽
쫓아갈 힘이 남아 있지 않아
떨고만 있는 다리가 기어이 나무가 되는지
땅으로 들어가는 것 같았어
아무도 오지 않는 시간에도
몇 갈래 길에 서 있는 상상을 한다는 건
사실은 세상 사람이 나를 찾기를
기도하는 것인지 몰라
관자놀이는 늘 통증이 팔딱이고
누르던 손가락도 나뭇가지가 된 것 같아
힘을 주면 노랗다가 빨개지던 발가락이

성장이 멈춘 어린 무화과처럼 말라가

나는 어쩌면 좋아

검게 자란 머리카락은 허리에 닿고

이대로 여름 숲에 묻힐 것 같아

나이

팔짱을 끼고 서서 무얼 보겠다는 것인지
눅진한 향은 나를 보던 눈빛은 아닌지
가득 채운 병마다 빛이 어지럽다

살 수도 없는 공백에 밀어 넣고
땅에서 치솟는 절묘한 틈새로
실컷 가지라는 자유

그이라면 할 수 있는 날카로운 웃음이
절묘한 환희로 바뀌는 시간
발밑에 거짓이 가득한 이유가
꽃이 모이는 목적이라는데

아직도 발효 중인 동백, 모란, 작약과
누렇게 변심하여 낯 뜨거운 목련
얇은 손이 가리키는 병 속에
씨앗으로 들어간다

계절 하나 봉인되는 진실을 알고 싶어
나도 들어간다, 잘 살 수 있을까

날카롭게

찢겨진 무언가 머문 하늘이다
낮에도 음산한 곳에는 상처가 깊고
날마다 솟던 태양도 지루한 반사를 한다

둥글게 자라던 개나리자스민은 덩굴이 되고
웃어야 색이 되는 것을 잊고
어중간한 줄기는 고달프게 변색되었다
노랑으로 돌아갈 때는 언제가 좋을까

수피가 뒤틀린 나무는
어린 꽃도 뽑아내던 수액도 말라가는
붐빈 하루가 저문 날까지
짐짓 돌아가는 등에 꽂는 말은
거칠게 쏟아내는 이물異物의 말로 남았다

더 이상의 맹세는 소용이 없다
찢긴 하늘에 닿는 미성의 치유는
시의 마지막에 넣었지만

화끈대는 얼굴로 날카롭게 꽂히는
통증은 이면에 파편을 만들었다

끝을 기다리며

반은 기다리고 반은 떠난 자리에서
달라질 것 없는 속성을 가지고 살아가기란
벼랑을 마주한 짐승이 내는 거친 숨과 같았지

뭇소리 방만하던 속을 빠져나와
하늘 펼친 이리로 오길 잘했어
장마를 끝낸 산은 발육도 요란해서
비대한 숲에 다시 갇힌 것 같아도

숲에도 결이 있어 말을 하는 줄 알겠고
이맘때 장수벌레는 왜 땅에서 기어올라
복사나무 갱엿을 핥는지도 알겠다

소소리바람 숲에서 이는 날에는
몇 날을 건너간 먼 곳에서
잘 아는 얼굴 하나만 보고 싶어
언제쯤 그런 날이 올까도 싶은데

낮은 목소리로

마음으로 가는 여행

새벽까지 이은 빗소리에
복사꽃 연한 잎이 초록 숲에 들어가면

나서지 못한 문밖에
손가락만 한 물고랑이 내를 만들고
임은 벌써 상림에 닿아 있다

혹시 임은 거연정 흩뿌린 비에 가슴을 풀고
그게 아니라면 이미 농월정 있던 자리
애달픈 주춧돌 대신 발을 묻었을까

이곳에 푸른 산은 암울한 즙을 내어
용추의 맑은 물에 투정하듯 풀었는데

어쩌면 잊은 듯 나를 흘려보내고
비에 불은 낮은 목소리 가만히 하는 말
나를 잊지나 말아요

내 발등 혈관이 푸르다

이국의 냄새를 맡고 눈을 뜨는 날에는
곁눈으로 보아둔 좁은 문을 열고 싶다
걸어 나가는 발등에 흥분한 실핏줄이
기다렸던 돋움을 하고
혈관이 맑게 흐르는 것을 보는 것이
오늘까지는 즐거운 일이다

무서운 꿈을 꾸지 않은 새벽을 맞이하고
공허하지 않을 단단한 마음
어제까지 목뼈에 살던 통증이
손목으로 옮겨왔으니 얼마나 다행이야
곧 손끝에서 없어질 찌릿한 파열음
점점 좋아지는 몸의 희열에
맨발로 달려가도 숲이 길을 낼 것 같아

그렇다면 당신은 어떤 아침의 대기권에서
몸을 열기 시작했을까
시각은 가려지고 등은 무거워

서평에 기대는 가련한 시인처럼
어깨만 둥글게 말고 있다면
잎을 잃고도 비리고 싱그러운 꽃을
통찰하는 늙은 밤나무 같기를
엄밀한 것들이 마침내 가벼워지니까

냉이

봄나물을 캐면서 잔뜩 물고 있을 겨울을 뽑았다
잎보다 길고 실한 뿌리
겨울을 달고 오느라 흙 속에 잔뿌리 몇을 두고 왔다
본성을 두고 온 것이다
잔뿌리에 드러낸 색의 본질에서
쓰고 달달한 맛이 뚝 뚝 흘렀다
본성이 뽑히는 오늘
나도 못한 본성을 내보이는 냉이 앞에서
왈칵 단내 나는 울음이 난다
코끝에 맺힌 비굴한 인정은
냉이보다 못한 속을 보이는 일
나처럼 뿌리까지 뽑아내어 울어줄
본성을 알아차리는 누군가에게
겨울 빈 밭 몇 동강 떼어내고 싶다

노곤한 오후잖아

향도 날리고 뒤엉긴 갈꽃은
마소도 씹지 못할 질감
그만 꺾였으면 싶은
한껏 부푼 억새는 고단하다
길어진 볕이 그리는 문장은
자꾸만 낮은 곳에서 웅얼거리고
남겨둔 열매도 없는 나무에 앉은
생각도 비루한 날짐승만큼
내 시간이 무용할지 모르지
곡각지가 잦은 길을 운전하면서
다음 모서리를 돌면 마주할 길을 예상하고
물을 잃어가는 저수지에서 토막 난 거울을 보는 것처럼
부리를 꽂고 선 겨울새의 시린 다리를 관찰하는
측은한 시간을 보내고 나면
깨물어 삼킬 에스프레소를 마시는 거야
부푼 억새만큼 동공이 확장될
모서리 길을 돌아 만나는
쪽물 흥건한 하늘을 만나는 거지

노을, 그를 상상한다면

지금 달리는 것은
마지막을 놓지 않을 시간에
나를 세울 생각
아직 산을 넘지 말았으면

파열한 태양의 빛
격렬하게 뿌린 파동은
갈 길을 알려 줄 붉은 이정표

나의 고유한 길을 배우러 가는
빛살에 뛰어드는 짐승처럼
달리는 발이 뜨겁다

끝이 아닌 줄 알고 있지만
어쩌지 못하는 분노를 가라앉히고
지금 내 몸에 증명되는 방향
몇 가지를 새겨 넣고 싶으니

어둡고 긴 길이 두렵지 않게
먼저 침몰하지 말아라
뜨거운 등을 밀어 당도할 때
절박한 가슴을 열고 싶다

노송

우듬지까지 걸터앉은 울음에
속이 여문 정절이여
여린 잎도 매섭게 끝을 벼루고
방만한 소슬바람
낮게도 흘러간다
마침내 그 설움 옹이에 남기고
뿌리 깊은 솔향이 농밀하다

녹음綠陰

가지 길어서 굽은 그는
그늘이 안전하다
길게 만드는 그늘이 좋다
좋다가도 돌아가면
볕이 만든 구릿빛 심장
심장마다 피운 젖은 풀잎에
뭉툭한 흉터가 무겁다
기다린 길목마다 흘리는
한낱 가벼운 이별 같은
바람 시원하게 불어오는 정오에
깊은 등을 말리는 그가
난해한 문양을 만드는 구름처럼
푸득, 날아오른 새처럼
자유롭고 싶다 혼잣말로 무심한
부끄러운 낮畫을 가린 그늘이 되는

다시, 어머니

영 보이지 않던 당신이
혹여 길을 잘못 들어 물살에 갇혔을까
바위까지 덮고 자란 해초에 걸렸을까
마음 전한 오늘 새벽에는 기어이
섬 굽은 곳 손짓하는
바다 끝에서 오시는 꿈을 꾸고 나는
물새 되는 환상으로 바다에 나간다

흰 배 볼록한 물새는
번갈증에 몇 번이나 깃을 적셔댄다
푸른 물 뱉어내던 바닷물에 기어이 담근 부리
호흡이 거칠다

안개 짙은 깊숙이 해령海嶺 아름다운 곳에
언젠가 돌아가서 누울
빨갛고 통통한 풀이 예쁜
언덕 하나 묻어둔 뒤로
자꾸만 나선螺線을 그리는 물새가 된다

나는 흡사 미명을 남기고 간
해가 돌아올 길을 찾는 듯한데
까만 점으로 시작하는 소용돌이 속에서
다시 찾는 당신, 어머니

달 대신 걸어갈 때

건너 마을에 곗돈 받는 심부름 길
다섯 살 많은 언니의 따뜻한 노래가 흔들렸지

머리카락 사이로 바람이 불어도
손바닥 가득 새콤한 밀감 물이
입술 사이로 별빛처럼 흐를 때

물소리 내면서 다가오는 소리
부르면 멀어지는 도깨비불 같던
짓궂은 아버지 목소리는

바람언덕 돌아가던 별 같은 아이 둘이
불러도 멀어질까 따라온 거야
거룻배 노 저어 은파를 일으키며
낮은 바닷길로 따라온 거야

찬바람에 얼굴이 얼던 심부름에
환히 웃던 길손 같은 어머니에게

두 아이 손잡고 콧등에 웃음 얹던 아버지

내 유년의 심부름은 아직도 끝나지 않아
먼저 와 기다릴 그분들 문 앞으로
달 대신 먼저 걸어갈 거야

3부

달, 끝없는 관조

생경한 의식으로 빛을 훑어 담고
그대를 체험하는 내밀한 봉인의 공간에
은빛 굴렁쇠 굴러가는 소리

미지로부터 환청을 경험한 것은
달이 둥글기 시작한 때
붉고 이상한 달이 잠시 있다 없어진 바다에서
순백 갑사 두른 둥근 어깨처럼
도도하게 드러난 이지理智

멀어질수록 곁에 두는 것
그곳이 이디라도 수없이 빛을 내던
하늘이 깊을수록 숨긴 색은 짙어지고

드러나는 얼굴에게
누가 멈추라고 말하는 것일까
달은 한사코 그대로 있기를
경계를 벗은 하늘에 유영하는 연모

이대로 깊은 밤

당신 생각에

막걸리를 마십니다
참제비꽃 종종거린 무덤에서 나누던 소주잔에
비껴가던 햇살에 눈을 감던 당신

걸쭉한 막걸리를 나눠 부어 함께 못했던 회한이
이제야 저려오는 물굽이 돌아가는
길 따라 자축대며 걷습니다

비탈진 양지에 늘어진 낭창한 진달래 가지 꺾던
아! 아스라이 멀어지던 나의 시혼이여
무덤에서 웃고 있을 체온이여

나는 마치 오래전 언약만 하고 먼 길 떠난
정인을 기다리는 여인과도 같습니다
기대어 누운 등 뒤에서 깍지 끼며 속삭이는 당신
돌아보지 않아도 4월 흙이 내는 숨소리

곧 흐느낄 비를 품은 구름이 될 것 같은 나는
지금 막걸리를 마십니다

대국산성 돌 틈에서 너를 엿보았는데

포말 버글거리는 뱃길을 보내고
희미한 성문 더듬어
흰 달 담았던 집수지를 지나다가
그 달 건졌던 아낙의 흰 허리가
지금 나인 듯해서

이 산에 이리도 굵은 성이라니
열두 개 주춧돌이 밝혀내는
현저한 진실이 가득하다
비란의 연모가 높이 쌓던 성

누구를 위해 이 안에서
햇살 자박한 바다를 끌어왔을까
누가 다녀갔는지 무슨 말로 성문을 닫아걸고
발자국도 지웠을까

달빛 얼비치는 돌 틈에
새긴 얼굴은 감실에 두고

금음산을 너머 내려가며
설천의 땅으로 굴러갔을까

데미안을 읽는 아들

내 시대가 아닌 곳에서 벌어진 일들에 대해
그가 쓴 책을 들었다는 이유로
이해해야만 했어요
이해할수록 달리는 주인공을 쫓다가
마지막 장을 덮는데
거기까지 전력질주 하라는 것 같았어요
헤세가 나에게 던진 말은

시험도 다 끝나고
캠퍼스를 천천히 걸어도 되는 시간이 오면
한 번 더 읽을까 해요
벌써 세 번을 읽게 될 책에서
이제는 어떻게 나를 단련시킬지
궁금하기도 해요

헤세는 지나갈 청춘의 시간을
이미 다 알고 써내려간 듯
지금의 나를 자꾸만 부르는 것 같기도 해요

세상의 청춘이 가진 호기심과
책을 읽어야 하는 의무감을 주고 싶었던 게 보였어요
주인공의 이야기 보다
나는 왜 헤세의 마음이 더 많이 느껴지는지
이런 생각이 드는 것이 맞는지 모르겠어요

독감

하루를 바람소리 나는 머리를 감싸고
낯선 소리에도 커튼 사이 밖을 본다
첼로가 부르는 아베마리아는 점점
기도하는 혼잣말로 변하고
도리 없이 받아들인 혼성의 세상에서
적요한 통증에 울음이 샌다
이마를 짚고 눈을 가리고
느리게 통점을 찾는 손이 흔들리는 동안
콧등을 누르는 병명
고작 이것에
나는 얼마나 덩둘한 밤을 보냈던가
바람이 차다
겨울 잎이 건조한 발을 가려 주는
겨우 몇 발걸음 산책에도 휘청인다는
조금 전의 일을 시로 적는 나는
바스라질 용기가 얼마나 더 있을까

무엇인지 모를 때

어젯밤 꿈에는 많이도 울었다
꿈에도 움츠리고 흐느끼는 건
언젠가 보내버린 봄날의 일인지
그때 멀어진 이에게 하지 못한
봄비 같던 자박한 이야기를
말하고 싶은 때문일지 모르겠다
겨울비를 보면서 봄날의 이별을 떠올리는
느린 오후의 시간에 앉아
울음에 비틀린 어깨를 감싼다
산새가 흔드는 자두나무 가지에
문득 두고 간 그이 손톱 같은 꽃봉오리
곧 봄이 머지않음이야
그 봄에 갔을 때는 못했던 이야기를
손에 넣고 와야겠구나
어머니만큼 음전한 그 무덤에

독서당讀書堂에서

정자에서 책을 읽다

하늘도 기웃대며 종이에 물들이고
자유의 활자들은 서로 줄 세우고 기다립니다. 새처럼 날고 싶었던
모순은 얼굴을 맞댑니다
이제 온갖 야유가 흩어지고
밤낮은 맑음과 흐린 날을 가려냅니다

새들은 활자마다 앉아 책을 읽습니다
책이 만들어지는 동안 나는 깃을 달고
하늘을 날고 싶습니다
정신이 번쩍 들도록
강렬한 언어만 골라 봉황새 찾아 틈 하나 놓치지 않고 문장 속으로
바람칼 몸짓

어제 진 꽃이 소낙비 청하듯
마멸된 만큼 흡족해합니다
멈춤 없이 책 읽는 새소리에
끝 모르는 하늘이 또 하나 숲으로 살고 보름달 뜨는 날처럼 나는
그대

봉황새로 날고 있습니다
활자는 첫눈 내리듯 반짝입니다

몸

손가락으로 귓바퀴를 당긴다
낯선 귓속에 체온을 남기고
닿을 수 없는 깊이까지 지문을 밀어 넣는다
손은 그동안 했던 일을 어디까지 남기고 나왔는지
귀는 얼마나 들었을까
손을 비벼 눈을 덮으면 손바닥 안에서 흔들리는 눈꺼풀
이제야 눈물은 따뜻해진다
도톰한 체온에 동공은 가볍지 않은 풍경을 보고
풍경은 이내 암막으로 변한다
별은 무수히 흘러내리고
산허리 넘는 뒤편의 달까지 길을 내며 따라가는 눈동자
남긴 말에는 가시가 드나들고
봄꽃 돋는 것처럼 혈관 미세한 뺨에
기어코 새긴 말의 흉터
그때 왜 뺨을 가리지 않았을까
귀를 덮어 쏟아지는 말을 막았을까
입술 비틀어 눈물을 시작한다
비상구 몇 개를 준비할 눈물에

불편하던 말의 이물질
혼미한 이명의 귓속을 씻어내고 나면
명징한 문장은 손등에서 마른다

바다에게

한 번도 되감고 싶은 어둠은 아니었어요
내가 부른 노래는 그쯤에서 멈춰있기를
이른 아침 푸르게 쪼아댄 유년의 뻐꾸기 울음처럼
아직도 어두워지는 산자락 끝까지 오지 않기를
나는 한 가지 생각만 했어요
그래도 몹쓸 생각
하지 말아야 하는 생각이 늘 생선처럼 파닥이고
흘러간 기억에 대한 대가로 익숙한 어둠을 다시 펴네요
푸른 간수에 맑게 헹군 태양 앞에
또 팽팽하게 그물을 쳤어요
그 앞에 다시 온갖 상념
말도 많아요, 어둠을 피했는데 돗바늘 같은 햇살
저린 발밑에 꽂히네요
여운이 긴 노래는 왜 이렇게 듣기가 싫을까요
부끄러운 연습이라 잊고만 싶은데
아마도 파도에 숨겼나 봐요
밀려올수록 포말처럼 커져 오네요
바다로 한 몸 되듯

검은 산자락이 덮어 오네요
몽혼의 꿈을 꾸는 내 유년의 뻐꾸기 소리마저도 덮어버리면
꿈꿀 수도 없네요
차라리 잘 됐어요
마지막 인사는 은하처럼 일렁이는 물결로 말할게요
혼미한 시간이 오기 전에
달 품고 그대에게 숨어들게요

별

무수한 기억의 편린

별이 별에게 건너가서 멀어진 별의 가슴 같은 먹먹한 곳에
귀를 대는 나는 무엇이든 보러왔다

익숙해질 홍채가 뚫어낼 어둠
그것을 바라보는 모호한 의미는
때마침 흐려지고 이렇게들 선명할 수 있다는 것
무엇이 자유인지 혼돈을 벗어나는 숨을 쉬게 하는지
모두가 거짓인지를 구별하는 것만큼 어렵다

멎은 공간에 갇힌 채 암호 같은 표정도
굳은 명화 속 얼굴도 뒤집어야
기다렸던 진실이 빠져나올지

불편하고 지루한 자아가 자라는 시간
하필 소름이 도드라진 맨살이 가장假裝하는 이때에
얼굴 몹시 시린 겨울 골목에서
저 별무리로 건너는, 나는.

사람 하나 만들어서

딱 보아도 그 모습 그대로인걸요
멀리서 보았을 땐 향기만 없었는데

다가가기엔 먼 당신의 음성이 다시
향기를 만들었어요

인정의 골은 깊어서 거기에 알맞은 얼굴
사람에게 나무향이 났어요

언제 한번 안아볼까요
사람이 사람 안는 일이 얼굴 붉히는 세상

자유로운 생각으로 얼굴은 붉어지는데
찻잔 당겨 그리워합니다.
이런 말하면 어떨까요 시로 감춘 연정

붉은 양수에 몸을 담그고

바다는 우는 소리를 내며 갯벌에 묻힌다
통점은 점점 넓어져 어딘지 모를 곳에
처방전을 보내고도
회신이 분명하지 않은 주소에서 기다리는
몸짓 또는 목소리
생경한 것은 날이 갈수록 흐려지고 멀어진다
생을 기록한 일생기의 맨 처음이었던
각인이 닳은 미세한 이름은
동판 닦아낸 잿물 속에서
하늘거리며 떠오르다가 가라앉는 중인데
함부로 잃어버리던 것에 대한 아찔한 반성이
끝나지 않을 것만 같아
이제는 치료를 받아야겠다
기다려도 도착하지 않는 처방전보다
십이월 벽오동 넓은 잎처럼 낡아가는 살갗이
긴급한 전율에 흔들린다
물이 토한 달이 붉다
밀리는 바닷물이 빨갛고

치료가 시작되었다
도무지 드러나지 않던 해조음에 섞인
음률을 가려내는 치료

이상한 저녁 닭장

저녁먹이를 주러 갔을 때
모두들 날개를 접고 안에서 나를 보고 있었다
먼발치에서 고개를 주억거리고
할 말 많은 눈빛을 보내고 있던
눈을 맞추며 따라다니던 부리가 붉은 거위는
지난가을 논에서 거둬온 낟가리를
끌어모아 앉아 있었다
무슨 신호가 오고 갔을까
청계 몇은 홰대에서 내려오지 않았고
몇 가닥 긴 발가락으로 움켜쥔 나뭇가지로
견고한 집을 집안에서 짓는 것은
오골계는 날렵하게 깃을 붙이고
비행준비 끝난 듯 꽁지는 빠져있다
금방이라도 빠진 꽁지에서
도움닫기 할 불덩이가 뿜어 나오고
하늘 막은 그물을 걷어 달라 홰를 칠 듯하다
웅성거리는 저들의 저녁이 두려워
커다랗고 달달한 배추 한 통을 던져주고도

산마루 내려오는 덩치 큰 어둠에
황급히 돌아서 등을 보이는
부실한 심장을 가진 나는 영장의 일개

동백

심지까지 타도록 사랑할 때는 언제던가
등을 켜고 기다려도 오지 않던 밤
희고 찬 서리도 반갑게 맞았네
불망도 붉게 여문
되짚는 긴 날이 서러워라

따라온 기억

동백이 유월부터 피는 것은
기억과 계절이 베푸는 중간

후두둑 지고 말던 벚꽃나무 아래서
어머니는 아마도
넋을 놓던 나를 보았나 보다

어머니의 나이가 될 때까지
여물도록 빌어 주던 땅에
다녀간 흔적이 정답다

그리운 마음 걸린 정갈한 방으로 오시면
잠시라도 계신 시간을
나무 밑둥에 묶어 둘 텐데
밤을 넘긴 아침은 얼마나 하얘졌는지
푸른 눈망울 흘기며 지나간다

임종을 기다리는 내 어머니의
푸른 눈이 지나간다

동백열전

노을이 바다로 들어간 후
빨갛게 달아오르는 이마를 식힐 수 없었다
손을 댈수록 열꽃은 소스라치게 번지고
꽃은 속절없이 붉어진다

굵은 잎이 푸른 차양 하는 사이
풋내 봉오리가 커진다
분홍 봉오리가 벙글어간다
최후에 정했던 수數만큼
뿌리 뽑히도록 꽃을 토한다

얼마나 힘드신가요
제 정원으로 옮겨 드리겠어요

사방이 들썩이는 완벽한 개화 앞에서
돌 의자 꽃 속에 놓고 그늘에 앉는 욕심에
나대로 부리는 치기

오늘 네 시가 선이 굵어지겠구나

나무가 몸을 흔든다, 무서운 지령地靈

말

누구라도 삼킬 듯한 깊숙한 골목을 지나면
오래전부터 사람을 비워 낸 집이 있다
거미줄을 타고 넘는 바람이 가져온 것을 앞에 두고
시작부터 모호한 인문학을 베어 물었다
화상 입은 뜨거운 입속은 매화처럼 붉어졌다

나는 검고 흰 것의 배색도 모르는 치료가 절실한 이
상실하지 말며 그것으로 고독하지도 말며
터질 듯한 효소를 기르는 병瓶이 있는 벽장 속
지루하던 시간도 곧 끝날 것이다
바닥에는 위험한 기포가 살아나고 있지 않은가

일이 가공되는 동안에
이기적인 비상구를 찾는 저 뒤태들
날숨의 법을 구하는 길, 모두가 급하다
아래로 밀어내든 왼쪽으로 맞추든
손가락에 눌려 변형되지 않을 간격에 두면 될 것을

접지가 예쁜 행간에 들숨 계곡을 흐르게 하면
다 가져도 좋아
판독이 덜 된 것에도 눈물이 난다
내가 이겨낼지 혹 아는가
책장을 넘긴 바람이 너의 눈을 부여받으니
창작자는 가도 좋아 이만 빈 집을 채웠으니

말차抹茶가 아직 남아 있어요?

강렬하게 조여드는 히스테리구
시원하게 타고 내려갈 시문도 없고
이 비릿한 목의 이물異物을 통째로 밀어내는
푸른 이끼를 감은 옥로도 없습니다

또 따닥따닥 소리 나는 눈꺼풀에
정동情動의 기이한 이것을 해갈할 수 있는
말 한마디 어디 없는지요

구릉으로 넘게 하던 요술의 블랙홀을
잽싸게 뛰어들던 이상한 나라의 요성이나
한여름 밤 주원방포 우물 속에 미끄러지던 샛별처럼
유영이 흔한 우주에서 잠시 졸다 오고 싶습니다

뻑뻑한 눈코를 쉴 새 없이 부비는 나는
언제쯤 상쾌한 재채기를 할 수 있는지
헤집어 꺼낸 오래된 산소에 목이 따갑습니다.

선생님, 혹시 말차가 아직 남았습니까
짙푸른 나무 한 그루를 통째로 마시고 나면
갑갑한 목 안에 성하의 나무를 흔들고 가는
바람이 불 것 같고 수천 장 작설이 내는 향은
온몸에 배어 풀소리를 낼 것입니다

만월 소고 滿月小考

오늘따라
몇 겹 달무리의 결계가 샛노랗다

바람이 달려가던 사이에 놓아둔
산제비나비 날개는 무참히 찢어지고
은사초 푸른 꽃도 흔들리다 꺾여버린
한낮의 정원에서 공고히 다지기 시작하던
오월 더위는 고작 새소리 가벼운
저녁까지는 남아있지 않다

헐거운 대기를 벗고 동그랗게 오므린 하늘
바람에도 굴러가지 않을 눈부신 덩어리
누가 깨뜨릴 수 있을까

바람은 유유히 낮밤을 섞어놓고
또 눈 감을 시간에
저기 저 달 하나도 다 갖지 못하고
당신은 잠들 수 있을까

4부

망곡의 빈집

성긴 담 아래 돌우물 앉힌 것은 아마도
우물이 있었던 자리
곧 돌아와 얼굴을 비추고 맑긴 하늘을 꺼내고
새를 날리고 나무를 길러내는
다짐을 하려던 겁니다

까맣게 굳어 물을 머금은 강바닥을 닮은 흙에는
도무지 성장할 수 없는 양분만 있을 테고
누렁 소 보낸 쟁기의 고단한 등에
짙은 외로움이 얹혀 낡아갑니다

밤길도 정겹던 뒷집 가는 길
어느새 도둑가시 덤불이 무성하고
행여 지나는 이의 바짓단을
노리고 있는 옹골진 집착

이런 것도 가슴 저린 한산도 망곡에
한적하게 거니는 나도 오늘은

이끼마저 마른 바위처럼 보일 테지만
빈집에 들어서자 반기는 고양이가
떠난 이와 닮았는지 발밑에 서성입니다

매탕梅宕

소금기 남은 눈물 섬에
한 그루 매화목 심어놓고 오던 길
물속 훤한 바다를 보던 날이지
당겨 앉은 섬이 낯설어 물러선 거리가 일정할 때
섬은 다시 손짓을 하지만
기다리는 땅이 많아 돌아갑니다

'물살이 고를 때 다시 불러주세요'

저 섬 허리에 달을 걸어 놓고 싶던
바람 불던 보름밤에도 두려운
짙은 만월의 눈앞에서 황급히 돌아서던 날
쫓아오며 말을 거는 검은 섬이 무서웠어요

'물살이 자고 나면 다시 올게요'

피기 전에 꽃 너울 밀려든다고
매화목 뿌리에 봄볕을 동여매어

성급한 뿌리를 내린다
하얀 산증疝症에 동동거려 재촉하면
꽃잎 열어 봄을 만들고도 끝내

'매화 핀 가지에 달을 걸지 못했어요'

매화야, 부르는 말

벌어지는 꽃잎이 내밀 향기
그 사람 오는 곳에
마중 가는 아가씨야

완연한 봄까지 당길 볕이 없어
길목에 세울 바람을 모아
갈 길 까다로운 봉오리가 되었구나

온통 조심스러운 안부를 담는
하필 봉오리는 할 일이 많아
기다려야지 고운 아가씨

구름도 꽃가지를 스쳐
뿌리까지 새순이 부풀면
두보杜甫의 시 속에서
그윽하게 날려야지

상상하는 일이 벌어지는

그 꽃잎 치마 끝에
완벽한 낙화도 기다리는 일

매화차 마시는 밤

밤에 끓이는 찻물은
적요한 우주의 파장을 심장에 그려 넣는다
어느 시인의 진부한 이마에
안경을 벗으면 사라지는
활자가 가득하고
찻상 건너 앉을 날을 기다리는
서사시 한 권으로 담을 쌓는다
하여 긴 시간
백 년도 넘은 옹이 삭은 무화과나무에
누구도 읽지 않을 시집을 걸어놓고
고작 담론만
그은 줄에 종이가 패도록 암송하는데
끝나고 돌아가는 빈 배에
서툰 향가나 실어 보내는
생각할수록 고단한 그 삶의 이기여

모란이 졌구나

무성한 잎 속에 꼬투리를 감추고
까맣게 읊조리는 노래
삭은 가지에 걸어두었다

지고 말았구나
한 밤을 기다렸을 정원에서
울고야 말았구나

꽃잎은 어디로 갔을지
바람이 가는 길에
꽃을 녹여 보냈을까

분분한 사월에는 피지 말도록
꽃눈 틔는 가지에
당부하고 가는 길

머리카락에 대하여

몸에서 시작한 자연 중에서
가장 무성히 자라
고고呱呱의 그날도 기억하는 뿌리
순간도 잊을 수 없게 단단하다

탄생이 거칠었던 문밖의 온도에
체온을 감쌀 양수를 적셔
길게 덮어갈 양분을 얻은 촉수에
하고 싶은 말까지 촘촘하게 흡입하였지

두려움에 흔들리는 너이
왼눈을 가려줄 테니
암갈색 눈동자에 물기를 말려
허리까지 내린 장막이
숨 쉬는 동안을 지켜 줄 테니

가늘다고 끊어지지 않아
쉽게 날려 휘감아도

단단한 구심을 그 속에 품고
몸에서 길러내는 힘
크나큰 자연이 날마다 자란다

목청이 쉬는 집

아무에게 알리지 않고 소중한 몇 가지만 놓고 살
고도가 가장 낮은 지평선에 모래집을 짓고 싶다

그 집에서 별처럼 반짝이는 눈으로 책을 보고
올려다본 하늘에는 남십자성이 오늘 밤 할 일을 알려주면
나는 느리게 구부린 다리를 펴고
하얗게 길이 난 밤을 걷고 싶다

사막에서 보는 달은 얼마나 차가운지
살갗에 닿는 달빛을 만지고
세상의 뭇별이 모인 곳에서 니도 별길이 섞여
낮밤이 고요하게 이어지는 날을 살고 싶다

끊임없이 놓이는 일상은 멀리 두고
깊숙하고 미지한 어느 행성의 골짜기
피신한 그곳은 알았던 말도 글도 없어도 되겠는데
큰 바위를 파고 들어가 눈을 감고 누워도
알아보는 이가 없으면 좋겠는데

팔다리 흔들리는 요즘은 마비가 잦다

사막의 큰 입으로 훑어대는 따가운 볕을 피해
한랭한 밤길을 걸어 도착할 수 있을까
창을 흔들며 터진 바람을 이겨낸 전리품처럼
거친 목청 길을 떠날 생각에 발가락이 길어진다

무엇인지 모를 때

어젯밤 꿈에는 많이도 울었다
꿈에도 움츠리고 흐느끼는 건
언젠가 보내버린 봄날의 일인지
그때 멀어진 이에게 하지 못한
봄비 같던 자박한 이야기를
말하고 싶은 때문일지 모르겠다
겨울비를 보면서 봄날의 이별을 떠올리는
느린 오후의 시간에 앉아
울음에 비틀린 어깨를 감싼다
산새가 흔드는 자두나무 가지에
문득 두고 간 그이 손톱 같은 꽃봉오리
곧 봄이 머지않음이야
그 봄에 갔을 때는 못했던 이야기를
손에 넣고 와야겠구나
어머니만큼 음전한 그 무덤에

문밖 가을

바람 가운데 떠돌던 하늘이
어디쯤 흐르는지 더듬는 손끝마다
묻어 있는 질펀한 물기

펼친 종이가 눅눅해지니
아마도 그 하늘
형상이 복잡한 시詩가 되었나

밤새 웅성거리는 소리가
흩날리는 바람인 걸 보니

물상物像에서

긴 밤 잘 지낸 아침은 머리맡에서
아직도 둥근 모습을 보아 달라 기척한다
감탄스러워라
씨앗과 과육을 구분한 두 줄이 선명한 복숭아의 무게는
사슴벌레가 기다리는 달콤한 진액으로 나누고 있다
이러다 화석이 될지 모르는 복숭아가 서둘러 익어가는
달달한 시간에 미려한 바람이 부는데
문이 열리기만 기다리는 닭장 속에는
갓 낳은 알이 가볍게 구르는 소리가 들린다
살수의 침입을 피해 무사히 그 알에서
빠져나오는 날을 기다리는 또 한 번의 탄생
석류꽃은 날이 갈수록 단단해져 가고
속으로 여물어 무엇을 보여줄지
볼 때마다 기대를 걸게 하는 묘한 매력
돌 사이 나온 패랭이꽃은
돌을 빻은 절구처럼 뿌옇다
넉넉한 선물 앞에 옆도 뒤도 보지 않은
회한의 시간도 용서하고

슬쩍 기대어 눈을 감는 눈부신 공간에서
둥글게 익어가야지 구르는 일도 배워가야지

뭐, 그런 사람도 있고

본능은 굳어버린 밤에 놓인 시간으로
어둠보다 빠르게 도착하였다
눈빛은 바람처럼
발자국을 지우며 따라오는 이를 찾아내니

별보다 먼 곳에서 왔으니 빛을 잃었고
흙냄새도 없는 곳에서 숨도 참고 왔으니
호흡을 나눌 이는 담 너머에 있다

두툼한 푸른 이끼처럼 배양한 약속은
괘선처럼 더욱 촘촘해져 기는데
나는 숨소리도 치밀해지는 밤을 맞았다

무딘 틈으로 밤벌레 울음만 흘려 넣고
담보다 높은 선을 긋는다
높아가는 담 안에 음력 열하루를 빙자하여 별빛은
밤공기 가른 새를 날려 보내고
오독(誤讀)이 난무한 편지를 받아든 흔들릴 눈빛에

잠시 본능에 놀란 순간을 상상하다가

가두어 버린 블랙홀이
숨 막히게 커져 갈 곳에서
편지를 던진 밤 창은 한 겹 더 커튼을 내린다

뭐라도 해야겠다

서툰 안경을 쓰고 책을 펴는데
귓속에는 계절보다 앞선 풀벌레가
얼굴까지 침입하는 소리를 낸다

소리로 살고 싶은 가련한 이기심
몸짓까지 다 주어 살고 싶은 곳으로
배를 태워 보내고 싶지만
미세하게 엉켜붙은 소리

제발 나보다 먼저 잠들어 주겠니

언제부터 보내고 싶은 신호였는지
휘감은 뾰족한 언어로
수만 개 세포는 굳어간다

나를 점령하는 이 무익한 통증으로
중심을 잃고 삐걱대며 흔들리는 소리가 산다
이설하는 날만 기다리는 나는
곧 뿌리째 뽑힐 송전탑이지

봉숫골 동백

차마 들어서진 못하지
문밖 귀퉁이 바람도 모르는 곳에
동그랗게 오므린 너는 꽃이라기보다
꼼지락거리며 기어가는 남도의 햇살

찬바람 옭아맨 마치 철사의 그것
질긴 줄기 속에 봄물을 품었다
오전 열시쯤 나오는 노란 털 빗고 나온
고양이에게 시를 읽힌 나처럼

풍류에 흔들리는 매화사梅花詞
그것까지는 아니더라도
둥치째 졸고 있는 벚나무 아래까지
놀다 가던지

바람도 모르는 귀퉁이서 혼자
애타는 동백아
이름도 서러운 오늘 동백아

발을 다친 날, 뜻밖의 바람을 보았다

장맛비는 다시 소리를 내기 시작하였다
부어오르던 발등은
미개한 전족을 겨우 벗어난 트라우마로 진저리를 치고
한마디씩 커지던 연골의 발육에 잔뜩 오그라들었다
깊은 밤 기다렸던 개화는 너무 강렬해
물러서다 찢긴 상처에 선혈을 남겼다

걸을 수 없다는 사실을 알고 나서야
아무도 찾지 않은 시간을 골라 달을 당겨 앉아
비가 가라앉힌 먼지 같은 사람들을
미세하게 찾아 나선다

배려가 비통한 사람 몇은
모자라는 시간 끝에서 간신히
복잡한 속살을 하고
언어가 미숙한 이처럼 어지러운 훈계를 한다
나를 본받지 말라던 바람은 방탕한 삿대질을 하고
문명의 장막 밖으로 멀어졌다

가련한 유랑

하늘까지 선을 긋던 이들은
바람이 만든 비행운飛行雲을 쫓아간다
누군가 부르는 기척에
물소리 나는 대답을 하고 돌아보니
먼 바람소리만

그와 뒤섞인 교활한 바람
손가락 사이로 흘린 미상의 하루에 혼미해지는데
이제야 외로움을 연구하기 시작하였다
나를 물속에서 건져 낸 일로부터

방비防備의 큰 눈

몇 개의 달을 띄워야 하나
어느 배다리를 지나 뛰어야
부산한 초혼의 강을 다 건널 수 있을지
다 건너도 돌아보지 말고
성 안 사람 열띤 눈에 등을 마저 달아라

남강 성채에 우뚝 선
부릅뜨며 호령하던 장군의 눈도 달아라
분탕질 끝낸 강에 고요한 바람이 흔들리니
심중의 상실한 의지를 문밖에도 달고
낮밤을 대신 지켜다오

잠든 혼령의 맑은 등을 몇이나 띄울까
건너지 못한 강에 배다리를 놓았으니
거친 성벽에서 내리는 핏물 닦고
순절한 맑은 혼은 부디 강을 건너시길

백만 유등이 방창하게 흘러

강변 바람이 따뜻하구나
포성에 흔들리는 함성도 잦아들고
다시 사는 이곳에서 역사의 아픔도 아물겠으니

봄에는 생각이 가지를 나눈다

그때가 낯설다 말하지 말자 했고
여자는 흐린 분홍 입술을 잠시 움직였다가
괜한 말을 한 듯 꼭 입술을 닫으면
깊이 숙인 목덜미가 붉어진다

나는 그 여자로서
하지 못한 말을 참으니 가슴께 열꽃이 피어
차창으로 날리는 손 인사처럼 보내고자 하는데
말을 하려니 숨은 목젖을 넘지 못하고

자꾸만 1997, 근간의 그 숫자로 생각나는 사람 중
숨을 멈추던 내 어머니가 있고,
통통한 주먹을 쥐고 배 위에서
탯줄을 자르고 울던 아들이 있고
딱 하루 만에 모든 것을 알아버리고
부둥켜안고 울던 고모를 떠올린다

세상 곳곳에서 다른 모습으로 있는

그들을 나는 얼마나 스쳤을까
나를 어디까지 기억하고 있을까
하필 그 숫자 생각만 무성하면
눈을 깜빡이는 것도 잊어버리지

태고에 지구가 끓어 판을 짤 때 생겼을
짝눈을 하면 한손에도 잡히는 작은 섬에
이른 진달래를 보러 갈 때면
열꽃을 지울 수도 있어
섬은 늘 나른한 여자를 거칠게 흔들었고
무릎이 부푼 다리로 달리게 하였으므로

이토록 모호한 삶과 그 너머의 경계를
알아차릴 날이 언제일지
지구의 마지막 날에 누가 살아남을까에서
생각을 멈춘 때는
봄을 비집고 나온 모란 붉은 눈과 마주친
그날이었지 아마

불면증

바람 나폴대던 시간은 지나가고
순하고 앳된 밤 달을 띄워 산 아래 누웠다
곰곰한 달빛도 함부로 새지 않는 하늘이
그의 정원 회화나무 가지에서 놀고 있을까

손을 흔들어 하얗게 이우는 달
발끈한 검푸른 산이 맥을 풀어 길을 터는 동안
나는 천천히 시를 읽는다
시력을 잃기 전까지
달빛 가락 속에 매겨 넣을 문장
회화나무 닮은 그가 쓴 짠한 시를 품는다

바닷물에 잠겼다가 밀리던 시가
저만치서 노래로 바뀔 즈음
어디쯤 다시 달을 거는 밤을
그가 보고 있을까
맑은 은하수로 그가 가고 있을지
상사로 넘어가는
뭇 별 속에 서성이는 저 별

붉은 달 언저리에

오늘밤은 달이 붉다
길을 나섰다가 돌아갈 길을 잃은 수억만 년 전
시작을 알 수 없는 곳부터 찾아가는
붉은 길 언저리에서 울고 있는 어린 조상
나를 닮았다

둔한 악기라도 달집에 넣어둘걸
길을 찾는 동안에 줄이라도 얹어 놀아 줄
버려둔 거문고, 곡조가 낡은 거문고에서
새겨 넣은 말이 은파로 쏟아지도록

너를 여기까지 데려오는 길
자유롭게 드나드는 월광은 알고 있는지
시작도 하지 못한 무심한 속도
점점 붉은 물이 차오르는 동공을 하고
쏟아져버릴 눈물을 준비하는
달

붉은 빗소리

심장이 가까운 곳에서 길을 내더니
마침내 쏟아진다 무서운 시간이 시작된다
사람들을 쫓아버린 빈 거리에 쏟아내는 함성
뛰어가는 뒤통수에 후려치듯 부는 바람
늦은 약속 지키는 숨소리로 찾아온다

풋밤 떨어지는 소리
간신히 매달린 옹색한 속내가
별안간 열외가 되는 깜깜해지는 한낮
요동치는 바닷물이 넘치기 전에
붉은 길을 내는 빗소리가 수장되는 순간을
기다리는 발끝 사람들 몸에서 풋내가 난다

지친 삶은 때때로 밀도가 풀린 물처럼
한없이 자유롭기를 불다 만 바람의 부푼 심장처럼
밀어도 가지 못할 길을 만나더라도
언제든 흐르도록 그냥 두어야 해

성긴 하늘만 보는 버들 아래 면포를 펴고
아우성치는 빗소리를 거르면
자유롭게 서 있는 그 농담濃淡이 뭉근한
한 폭 그림이 된다

5부

빈혈 약 처방전을 받고

검붉은 언어가 눈 밑까지 차올랐으니 가려던 길로
미행성이 흘린 중력을 따라 그냥 갔으면 합니다

세상 어떤 이가 뭉치고 나누기를 거듭하는 동안
나는 고독하고 무의미한 숲에서
스윽 솟아나는 흰 버섯이다가
여린 풀의 나폴거리는 잎이다가
하늘을 받치고 선 나무이다가

흔들지 않고 지날 수 있도록 성긴 바람 길을 내고
미개한 소리로 갖은 욕망 부르짓는 목에
누군가 버렸을 두껍고 무거운 시간을 걸고 싶습니다

온도가 한순간 떨어지고 눈을 뜨고 꿈을 꾸는
은밀한 생장을 기록하는 늙은이의 굽은 다리 같은 날에
깊을 대로 깊은 여름의 그늘로 눕고만 싶습니다

빗물터널

한 사람이 우산을 쓰고
비와 정반대의 색으로 그림을 그린
긴 레인부츠를 신었고

따라가는 한 사람은 초연한 낯빛을 하고
여름풀로 엮은 모자를 쓰고
방금 만든 커피를 들었다
이럴 줄 알고 있던 것처럼
창문은 커다란 풍경을 갈아 끼워
일 년 내내 무엇을 결정하든지 익숙하게 하였다

일렁이며 다가오는 파랗다가 하얗게
속살 갈아대는 기적을 일으킨 전설의 바다에
벌써 알기 쉽게 쏟아지는 소리가 난무하다
터널 속으로 진입하기 딱 좋은
이명을 위장한 빗소리

붉은 꽃 게발선인장

볼 수 없는 어머니의 살다 간 세월이
가버린 그날을 데려 십이월 찻집에 있다

귓불보다 작은 망울이 어린 날 시간으로
빨갛게 맺혀있고
헐겁게 등에 붙은 배를 하고도
의연히 웃더니 비로소 임종 앞에서 보인
두려운 눈빛과 닮은 물기 잃은 꽃 꼬투리
입김 서린 창에서 시린 겨울
밖을 보는 저 애상

기억 아래 가라앉아
차가운 바람으로 다녀가던 얼굴
꽃이 지고도 바래지 않는
저 선인장 꽃 같은 얼굴

배경이 낯선 찻집에서 문득 만난 오늘
차향은 목을 넘지 못하고
울컥 언덕 하나를 만든다

사라지는 봄

오늘은 봄인가 싶어 먼 눈 드는 바다
맑고 새까만 눈동자에 문득 비친 눈물인가 싶은
사람, 한 사람이 웃고 있어

임종하는 눈에 고인 얼굴
더 듣고 싶은 이야기는
해 지는 골목으로 오라던 당부
일어서는데 벌써 그리운 것은
작별을 지켜보던 벗나무 가지에
벙그는 꽃눈처럼 기다리는 속살이지

등 뒤에서 보고야 말았던 휘몰고 오던 물
호흡이 닫히던 기공을 열고 숨던 계절이
이미 봄인가 싶어
부르지 않으면 사라지는 봄

빗소리에 놀라고

이 시대 누추한 방 안에서
흰 달 같은 모습으로 생긴 후
나는 무화과가 좁은 십자로 갈라지며
속살을 알맞게 보여주며 익어가는 일과
낮은 땅에서 흐느끼는 풀벌레 소리에
극심한 호감을 가진
눈빛을 보이고 있습니다.
내가 태어난 종족의 품성과 농후한 특징이
틀림없이 그 사소한 것 속에서 생성되고
민활하게 움직이고 있다는 것도
믿어 의심치 않습니다
믿음은 더 커져 멀리 달아난 것에도
온유한 선율을 보내고 거친 달의 표면에
겨우 매달린 달빛을 한 움큼 던지는 이에게
깊은 관심이 생깁니다
나는 이 흥미로운 전원 속에서
정신이 분명한 나무가 되고 싶을 뿐
풍성한 잎을 위해 진실로

강제로 물을 주지 않습니다

그저 특별한 내 종족의 주제가 무엇인지와

어떤 운율과 색채로 여기까지

왔는지를 연구할 뿐입니다

사람이 화원에서 노는 풍경

나갔다가 다시 들어오는
알 수 없는 행동을 하는 나를 보고
잎맥을 만들고 꽃잎을 모으다가
화들짝 놀라는 시늉을 하구나

산소를 방사하다니!
너희는 엿듣지 말고 하던 대로 하여라
나는 영장이니 너희 앞에서 한껏
이 시간을 지배하련다

물을 끓여 차를 만들고 잊고 있던
선율 난해한 음악도 듣고
풀어둔 현을 채워 활도 당겨 보련다
팽팽하구나!

간결하게 밀어 쏘아
만월의 밤을 지난 화살을 닮은 시간
늪에 빠진 애석한 시간도 건져 올려

지묘한 주문을 외련다

나는 강력한 지배를 받아온 자
진화의 법칙에 따라 울기도 하였지만
눈물은 실상 살걸음도 보는 자정自淨
시간의 분배를 지켜보는 선명함이다

규칙이 기울어 간다
소리는 잦아들고 밤빛이 선명하다
난감한 시간이 다가오구나
너희 비릿한 생산을 위해 잠시 비워주련다

의식적 행위를 자비롭게 만들어 주고
현(弦)을 당긴 어깨만큼
나도 선 굵은 시 한 편 만들어 보련다

사막에 두고 올 것

사는 일이 버거운 가끔은
낯설고 먼 곳에 나를 보내서
눈감고 익혀둔 사막의 달빛 아래
바람을 안고 앉는다

빤히 쳐다보는 사막여우에게
쏟아진 모래알 소리를 배우고
맺다가 풀려버린 인연의 무게를 견딜
생각을 조련하는 곳

이석을 앓는 이의 중심을 찾아 넣고
가져간 생각도 얹어놓으면
도리질에 급한 날도 달빛 우주 속에
가만히 유영하겠다

미지의 얼굴에게 날마다 쏟아내던
눈감고 웅얼대는 소리였던
그저 그런 소리에 혼돈하던 때가

허투루 보내던 엉킨 날인 것을

미아로 고독하게 길을 나서고야
목을 조이는 그것을 날리는 거야
소리 없던 악동 히스테리 구

사진도 가만히 보면

깊은 사막에 떠 있는 차가운 달

누가 어떻게 찍은 사진인지 궁금하지 않다
단지 그곳에 침입한 자가 가진 것에 현혹된
사진 속 달에게 던질 말을 짓는 나는
본능에도 나른해지는 관찰자

달이 저기서 배신의 빛을 만들어 밀려오면
나는 저편으로 더 멀어지고
한 칸 방 너머 순한 색으로 시작하던 밤의 개척은
사진 속 사막 너머까지 길을 넓혀
마침내 한 입으로 토해낸 사람들의 오래전 이야기

저리도 밝은 달이라니!

지루한 은유는 잔별처럼 빛을 잃고
깊숙이 몰고 갔던 바다 속
크기를 알 수 없는 그때 달이지

내가 갔던 곳이 바다가 아니고 혹여 숲도 아니라
사막인지 바로 앞 창밖인 것을
차갑고 더운지도 모른 채 전설이 되어
기어이 사진을 탈출하는 용감한 위성

산매화

산이 비었다고 마음대로 드나든 바람이

달빛 자박이는 소리 꽃눈 바람 쐬는 소리
터지는 향 가두지 못해 붉게도 신음하던
매화 꽃잎 여는 소리에 온 산이 떨린다

더운 꿈자리에 놓인 연분홍 암향
열리는 꽃잎마다 다 아팠을까
아무 앞에서 피는 것은 아니지
돌아앉거나 숨죽이고 서는 날
떨리는 월광매月光梅 눈빛이여

유연한 가지에 달이 걸리면
나는 둥글고 앳된 소녀가 될 테니
또 한 번 봄이 되어 주겠니

고운 바람 고르게 불어 잔웃음 나는 얼굴이
꽃이 되는 그 봄

산

윤회의 법칙

건너 산 하나를 칡이 덮어 원시림을 만들고
어느 길 하나라도 두었다면
질긴 뿌리쯤 발을 자르고
천일염 한 줌으로 싹을 녹이진 않았을 텐데
진열을 벗어난 힘 좋은 말처럼
아직도 앞뒤 없이 넝쿨은 빠르게 걸어온다
벗어날 길을 찾지 못하고
기다리는 시간 안색은 흐려
소금 같은 땀이 난다
여기서 웅크린 시간이 얼마인가
기분 좋은 습기는 없어지고
솔밭 사이에 드나들던 바람도 잦아든다

산안개 속에서

흐림이 느린 산골집은 매화목 도장지를 꺾어 들고
밤새 지은 거미줄을 걷어내며 거닐게 한다
오랜 집을 닮아서 걸음이 느리고
바람은 밤나무 등걸에서 잠들었다

밤사이 물어볼 말이 쌓인 건너편 아파트 사이
누렇게 뜬 질문지를 모른 체
냄새조차 건너올까 고개를 돌린다

개망초 꽃이 낯을 내민 좁은 산길 들어서면
곤충의 허물이 산안개 속에서 녹아있는데
두렵기도 하여라 더 커진 몸체로 길을 덮을까

속속들이 알아차리는 발걸음에 산도라지가
불쑥 커진 꽃망울로 눈짓을 보내면
곧 후줄근한 빗소리 들으면서 꽃을 피우겠구나
기다리는 일이 하나 늘었다

이음새 정교한 수국 꽃잎이 위를 보는 것은

점점 하늘빛이 무수하고 나머지는
땅으로 다시 들어갈 손질을 하는 중인데
어디로 가든 여행자가 되겠다는
비장한 꽃씨 몇 알이 신발 위에 얹힌다

가슴께에 늘어난 내 실핏줄처럼
헛개나무 잎맥은 붉어져 간다
커지는 잎만큼 혈관이 많아지고
해를 가리키는 가지는 굵어졌다

산을 가며 기다리는 길 위에
활뽕나무 쓸어 흔들어 깨우면
누구를 만나야 할까
활 한 장 기약하는 궁장弓匠
이곳에 풀물 짙은 본성이 있었구나

무성하게 풀어헤친 산안개 속에서
잠시 만나 헤어지는 연습을 하다가
근래에 비가 잦아지는 마음을 두고 왔다

산제비나비 꽃무릇에 앉아

하필 한낮 찾아간 숲에
먼바다가 앉아 쉬는 노송 그늘이 기다린 거야
잔뜩 우거진 숲에 그리다 만 풀잎처럼
삐죽 나온 잎이 발목을 감는데

화들짝 놀라는 틈에 언제 다녀갔는지
돌부처에 기댔던 자갈색 흔적을 보았어
스민 체온은 누구의 것일까

이마를 대고 숨을 참으니
바다를 따라왔던 바람도 만나고
껴안아 잡은 구름도 말이 없는데
언젠가 작은 알이었던 곳에 뿌리가 내려
핏방울 뿜어내는 꽃무릇이
푸르고 단단한 대궁 위에 솟아 있어
누구의 표적일까

지독하게 끓어오른 심연의

피워 삭히는 열꽃 정열이 만발한 꽃무릇에
검푸른 산제비나비가
가장 낮은 순도로 위로하는 고요
한여름 대웅전은 적요하였지

마음대로 움켜쥔 바람을 흩뿌리고
제 몸에 파고드는 소스라친 환영
살다 죽어가는 절명의 시간에
외롭지 않을 돌기둥이 될 테지

상사화 혼자

위태로운 대궁으로 혼자 있을 모습에
급히 가는 빈집에 무너지는 적막
먼저 와서 기다리는 바람을 다독인다

먼 계절 보내버린 감싸 품던 잎
그리움이 진해지는 오늘 같은 날
애처로운 꽃술까지 피워주는 기적

상상화 있던 자리 찾아 놓고 바라보던
다정한 당신 모습 어디 갔을까
함께 보자 하던 말도 꽃으로 피었을까

소나기

그가 다녀간 도로를 말리는 동안
짙은 우향은 흉터로 남았다
대칭의 결정結晶이던 긴 아우성
거친 그 힘이 어디서 오는지
뿌리가 시작되던 하늘을 보다가
따갑게 쏟아지는 볕으로
출처를 덮는 이국의 낙수
그는 왕성한 세력으로
어느 시간을 골라서
아름다운 하늘을 날다가
선명한 상상력을 배운
노을 쓰러져 흥건한 바다 속으로
윤활하게 뻗쳐 갔을까
내가 죽어 뿌려질 저 바다에
곱게도 담긴 물이여
함께 섞여 흘러갈 미지의 긴 시간을
골고루 흔들고 있다

상사화를 못 봐서 그래

풀숲 지나 돌밭을 오르면
곧 별꽃 수만 개를 다는 금목서
조향하는 시간 사이를 지납니다

발끝이 비튼 낙엽수 사이로
이방인의 향초만 말라 있는 석상 앞에서
당신은 향을 피워 파동하고
소멸하는 먼 길 가는 연기 속으로
무동舞童처럼 흔들렸어요

너무 늦지 않았는지 눈을 감은 땅은
꽃대를 내어주지 않아
당신 문장에서 피우는 상사화가
더 빠르겠다는 그의
바람 속 흐려지는 물안개같이
태풍이 오고 있는 쪽으로 가며
흔들던 장렬한 손

가련한 꽃을 혼자 보는 것보다
돌아오면 함께 보기로 했으니
지금은 차라리 곧 닥칠 태풍에 혼미하니
여린 꽃대는 땅을 열지 말아요

생활반응

달을 가렸다
온통 까매지는 밤은

누구라도 길을 잃을 만큼의
공평한 빛만을 가는 포물선으로 던지기 시작하였다
때때로 성긴 바람도 엎드려 길을 열어 지나가고
나는 꽁지깃으로 팔랑거리기만 하였다

어둠을 걷었다
비로소 보이기 시작하는 희미한 빛
미소를 잃지 않고 낱낱의 것에
유적幽寂의 눈빛을 남겼다
다행스럽고 고마운 손을 잡았다

한 번의 촉감으로 찾은 손
양수養水의 물결은 미세하였고
온유한 신호를 보내왔다

오랜 기억 하나를 얻고 나서야
나무에 걸린 바람을 흔들어 보내주었다

슬픈 방관

한 사람이 오기를 기다리다가
물빛 섞은 마취제에 감기던 눈 속에 잠시 보이던 사람
한 번 더 보기도 전에 뜨뜻한 몽환에 빠지다

그러던 동백은 긴 꿈을 꾸고
벼린 톱날에도 각성覺醒한 줄기
꽃잎 날리는 의식도 잊지 않았지
차라리 아주 잠깐 혼절이라도 했으면
재촉하는 손짓에 초혼조차 못 하였다

처음 피던 꽃으로 그이 눈 속에 필 때처럼
묻어둔 순간이 돌아온다면
지금처럼 처연한 장례는 안 할 텐데

날아가며 우는 꽃잎
바람 부는 언덕으로 넘어가는 꽃
한나절 벌목장伐木葬에 숲에는 풋내 날리고

한참을 오지 않던 직박구리 새
또 한나절을 뱅뱅 도는 하늘 아래
동백나무 절명하던 숲이여
한참 커져버린 품을 보이는 대낮에 뺏겨버린
방년芳年의 서러운 동백

어디가 아픈가

나를 재우고 잠입할 준비에
세밀한 진동으로 늘어진 팔에 들어온다
'움직이지 말아다오'

혈관에 꽂히는 음성은 뇌동맥을 흘러간다
'움직인다고 통증이 멎지 않아'

팔의 길이만큼 범위를 지키고 흘러넘치지 않아
'가만히 견뎌다오'
고통은 정직한 약속을 한다

혈관이 부풀어 다리로 옮겨가는 시간이 길다
'이것만은 꺾이지 말아야 해'
옥죄는 신경이 얽혀버리기 전
허공에 무릎을 구부린다

자음도 모음도 섬세하게 더 이상 배열하지 못하는
말초의 끊어진 신경이 열 손가락에 생기도록

꿈에라도 꽃을 잡는 생각만
'온기가 식지 않을 테다'

등을 훑고 지나갈 통증
'돌아누워 길을 내어다오'
어깨 넘는 안간힘은 돌린 목 굳은 채 눈 감아버리면
두정골에 파고드는 독毒

'차라리 잘 되었어'
아주 잠들지는 말고
혼미하게 듣는 역병의 호통

소리, 빗소리

꽃병을 깨고 나온 느리고 둔한 몸 깊이
꽉 찬 봄볕을 누르면
이명의 귓전에 들락거리는 세로길이가 인상적이지
치솟지 않고 흐를 수 있게 편편한 돌을 깔던 새벽
공적에 미치지 않아 무너진 돌탑에
널브러진 하늘의 심장을 가리던 궁극의 섬세한 소리
눈을 가리던 모호한 언어를 입술 사이에 걸고
한낮 폐허를 찾아가는 길
요란하던 봄의 물상들은
거기서 풀어내는 평온한 수다에
떼어 놓았던 휴식을 풀어야지

시집 해설

사색과 관조에 의한
깨달음의 길 찾기

정소란 시론

김복근(평론가·문학박사)

시는 언어가 가진 운율과 이미지에 의해 독자의 감성과 정서적 미감을 자극한다. 이런 과정에서 시인은 필연적으로 사색하고 관조하면서 깨달음을 얻게 된다. 짧은 형식의 글에 담겨있는 의미와 감정은 독자의 상상력을 자극하고, 다양한 해석을 낳게 한다.

인류의 역사는 인간의 사유와 언어가 진화하면서 이루어졌다. 인간은 생각을 표현하기 위해 언어를 만들었고, 언어는 인간의 사유를 확장하는 도구로 발전했다. 시인은 이러한 과정을 통해 의사를 소통하면서 자신을 이해하고, 사물을 해석하며, 참신한 문화를 조성했다. 언어는 인간의 경험과 감정을 전달하면서 새로운 생각과 감정을 불러일으킨다. 이는 언어가 단순히 정보만 전달하는 것이 아니라, 독자가 자신의 경험과 감정을 통해 텍스트를 해석하여 재창조하기 때문이다. 시는 언어의 힘을 극대화하여 짧은 문장 속에 깊은 의미와 감정을 담아낸다. 단 한 줄의 문장으로 독자의 심금을 울리고, 깊은 사유를 유발할 수도 있다.

언어와 사유는 상호작용을 통해 끊임없이 진화한다. 사유는 언어를 통해 구체화되고, 언어는 사유를 통해 풍부해진다. 이런 현상은 문학과 시에서 더욱 두드러진다. 시는 시인의 사유를 통해 언어로 표현한 결과물이지만, 독자가 그 언어를 해석하고 재구성함으로써 새로운 사유를 창조한다. 이것은 독자가 문학 작품을 단순하게 소비하는 것이 아니라, 적극적으로 수용하는 창조적 행위임을 의미한다.

정소란 시인은 타고난 언어 감각으로 사색과 관조에 의한 깨달음의 길을 찾기 위해 깊이 있게 천착한다. 사물에 대한 시적 언어는 유려하여 시선을 끌어당기는 강한 흡인력을 보인다. 문장 속에 담겨있는 의미와 감정은 독자의 상상력을 자극하고, 새로운 사유를 불러일으킨다. 화자의 오감은 민감하다. 묶어둔 시간을 말리고, 사회 현상에 다양한 질문을 던지면서 이룰 수 없는 꿈을 꾼다. 달빛 자박이는 소리를 듣고, 매화 꽃잎 여는 소리에 온몸이 떨리는 모습을 보는 예민함을 보인다. 들큼한 밤꽃 향이 미골에 머물면서 외출을 멈추게 하고, 복분자 가지를 흔들며 술잔을 기울이는 멋과 여유를 보이기도 한다.

그의 시는 사실적 이미저리(imagery)로 빚어낸 묘사에 몽환적인 요소를 가미하여 성찰과 견성을 바탕으로 심연에서 길어낸 깊이를 감지하면서 본연지성을 찾아 물결에 젖은 달을 보면서 어머니를 그리기도 하고, 심장에 그려 넣는 우주의 파장을 인식하며, 사소한 것에서 진화의 법칙, 윤회의 법칙을 밝혀내는 간단없는 지혜를 발휘한다. 그의 작품 세계를 유영해 본다.

1. 고향에 대한 원초적인 그리움

고향은 태어나서 자라고 살아온 곳, 혹은 마음속 깊이 간직한 그립

고 정든 공간이다. 과거의 삶이 있고 정이 든 곳으로, 일정한 형태의
사유체계가 형성된 하나의 실존세계이다. 시인의 시심은 유년 시절의
꿈과 삶의 과정을 회상하면서 원초적인 그리움을 그려낸다.

성긴 담 아래 돌우물 앉힌 것은 아마도
우물이 있었던 자리
곧 돌아와 얼굴을 비추고 맑긴 하늘을 꺼내고
새를 날리고 나무를 길러내는
다짐을 하려던 겁니다

까맣게 굳어 물을 머금은 강바닥을 닮은 흙에는
도무지 성장할 수 없는 양분만 있을 테고
누렁소 보낸 쟁기의 고단한 등에
짙은 외로움이 얹혀 낡아갑니다

밤길도 정겹던 뒷집 가는 길
어느새 도둑 가시덤불이 무성하고
행여 지나는 이의 바짓단을
노리고 있는 옹골진 집착

이런 것도 가슴 저린 한산도 망곡에
한적하게 거니는 나도 오늘은

이끼마저 마른 바위처럼 보일 테지만
빈집에 들어서자 반기는 고양이가
떠난 이와 닮았는지 발밑에 서성입니다

- 「망곡의 빈집」 전문

고령화 사회로 접어들면서 농어촌 지역의 빈집이 늘어난다. 정소란 시인의 고향은 통영의 한산도이다. 모처럼 찾아간 고향 집을 보는 화자의 마음은 착잡하기 이를 데 없다. 여기저기를 둘러보면서 느낀 저간의 감회를 담담하게 술회한다.

'성긴 담 아래 돌우물 앉힌 것은 아마도/ 우물이 있었던 자리/ 곧 돌아와 얼굴을 비추고 맑긴 하늘을 꺼내고/ 새를 날리고 나무를 길러내는/ 다짐을 하'던 곳이다. '까맣게 굳어 물을 머금은 강바닥을 닮은 흙에는/ 도무지 성장할 수 없는 양분만 있을 테고/ 누렁소 보낸 쟁기의 고단한 등에/ 짙은 외로움이 얹혀 낡아가는 것을 보게 된다. '밤길도 정겹던 뒷집 가는 길'은 '어느새 도둑 가시덤불이 무성하여' '바짓단'에 엉기어 붙기도 한다.

적막한 고향 집을 돌아보면서 화자는 자신도 모르게 마을과 동화된다. '이끼마저 마른 바위처럼 보일 테지만' 인적이 뜸한 집에서 홀로 살던 '고양이'가 '떠난 이'의 마음을 헤아리려는 듯 '발밑에 서성'이면서 사람이 살지 않는 빈집에 대한 착잡한 마음을 위무한다. 이러한 마음은 「고향 집 앞 우물가에 앉아서 몇 마디 올리는 말씀」에 오면 더

욱 진술하면서 사실적으로 나타난다.

이미 빈집이 된 이 집에서는 내가 잤던 방이 있어도 잘 수가 없습니다. 마당에는 풀이 나무가 되었고 삭은 방충망을 뚫고 스르륵 스르륵 집 안으로 들어가는 담쟁이 끝 눈을 잡고 그것만 걷어냈어요.

주방에는 냉장고 돌아가는 소리와 수도를 틀면 쉿소리로 얼마간 쉿물을 뿜어냅니다. 쌀은 하얗게 백선을 앓는 손톱처럼 물기를 기다리고 생수도 생선도 얼어 있는 냉장고를 열고 군내 나는 밥상을 차려내는 그이가, 기다리는 누군가는 언제 올지도 모르는 곳에서 서성인다죠.

취사를 누르면 주황색 불이 들어오고 애국가 1절을 부르고 나면 뜸이 끝나던 압력솥을 아끼던 그이. 알맞게 뜨겁던 믹스커피 한잔을 들고 선창에 서서 부르던 동백 아가씨.

카슈가 벗겨진 나전 장롱 속에는 알뜰히 씻어 둔 이불도 있고 큰 딸 첫 아이의 돌 사진과 가족사진 아래로 올리브색 전화기도 있고 보일러를 틀면 온기 나는 방도 있다. 도무지 거품이 일지 않을 조약돌이 된 비누가 있는 화장실에서 빈 뱃속에 가르랑대는 울음도 비우고 물을 내리면 재빨리 바다까지 보낼 수도 있지요.

나뭇가루 버석거리는 평상은 치우고 그이 즐기던 삭아 넘어진 긴 의자에 메주 누르던 돌을 찾아 괴어두고 왔어요. 마당을 쓸어 먼지를 내보내고 장롱 열어 바람 넣어 이불도 펴고 하룻밤 길게 잠을 자고 싶습니다.

어디쯤 가셨나요? 조심히 다녀오세요. 먼 길 간 당신들 없는 동안 고라니 한 마리 다녀가네요.

– 「고향 집 앞 우물가에 앉아서 몇 마디 올리는 말씀」 전문

고즈넉하지만 을씨년스러운 풍경이다. '이미 빈집이 된 이 집에서는 내가 잤던 방이 있어도 잘 수가 없'다. '마당에는 풀이' 우거졌다. '방충망을 뚫고' '집 안으로 들어'간 '담쟁이'를 걷어내고 집 안으로 들어가 본다. 아직도 '주방에는 냉장고 돌아가는 소리'가 들리고, '수도를 틀면 쇳소리로 얼마간 쇳물을 뿜어'낸다. '쌀은 하얗게 백선을 앓는 손톱처럼 물기를 기다리고 생수도 생선도 얼어 있는 냉장고를 열고 군내 나는 밥상을 차려내는 그이가, 기다리는 누군가는 언제 올지도 모르는 곳에서 서성'인다. '취사를 누르면 주황색 불이 들어오고 애국가 1절을 부르고 나면 뜸이 끝나던 압력솥을 아끼던 그이. 알맞게 뜨겁던 믹스커피 한 잔을 들고 선창에 서서 부르던 동백 아가씨'를 부른다. '카슈가 벗겨진 나전 장롱 속에는 알뜰히 씻어 둔 이불도 있고 큰딸 첫 아이의 돌 사진과 가족사진 아래로 올리브색 전화기도 있다. 보일러를 틀면 온기 나는

방도 있어 폐가가 된 옛집이 살아있는 집으로 회상되다가 연이어 '거품이 일지 않을 조약돌이 된 비누가 있는 화장실에서 빈 뱃속에 가르랑대는 울음도 비우고 물을 내리면 재빨리 바다까지 보낼 수 있'다고 한다. '나뭇가루 버석거리는 평상은 치우고 그이 즐기던 삭아 넘어진 긴 의자에 메주 누르던 돌을 찾아 괴어'둔다. 그리고는 '마당을 쓸어 먼지를 내보내고 장롱 열어 바람 넣어 이불도 펴고 하룻밤 길게 잠을 자고 싶'어 한다. 화자의 언어 감각과 묘사력을 보여주는 가작이다.

고향에 대한 원초적인 그리움은 '먼 산에 누운 아버지 어머니 생각에/ 소리가 잦아들(「MRI」)'기도 하고, '집으로 가기 전에 잠시만 울고 싶어(「경치를 그려보면」)'지기도 한다. '화석에 아로새긴 그리운 마음은 건너는 여울목에 돌다리(「그립다 말을 할까」)'를 놓기도 하고, '빈 고향에도 달빛이 흐를 테니/ 서러운 가슴 내보이는 곳으로 흘러가도 좋겠다(「그렇다, 그렇다」)'고 자위를 하다가 '볕의 꼬투리를 교묘히 끌어다/ 말없이 피다 저버린 꽃대에 또 묶어버(「고요히 바라보면」)'리기도 한다.

2. 인간의 본성을 찾아가는 마음 여행

인간의 본성은 인간이 가진 자연적 성질과 자연계의 일원으로서 인간에게 주어진 성질을 의미한다. 인간의 본성을 정신적 본질 차원에서 보면 인간의 본능을 제어하고자 하는 기제를 보인다. 그러나 현대의 생물학에서 보면, 본능은 진화의 과정에서 생긴 정형화된 행동 유형으로서 유전적으로 확립된 것이기에, 단순히 억누를 수 있는 것이 아닌 그 무엇이 있는 것으로 본다. 정소란 시인은 그 무엇에 해당하는 인간의 본성을 찾기 위해 모성애와 자아를 탐구하면서 마음 여행을 한다.

봄나물을 캐면서 잔뜩 물고 있을 겨울을 뽑았다
잎보다 길고 실한 뿌리
겨울을 달고 오느라 흙 속에 잔뿌리 몇을 두고 왔다
본성을 두고 온 것이다
잔뿌리에 드러낸 색의 본질에서
쓰고 달달한 맛이 뚝 뚝 흘렀다
본성이 뽑히는 오늘
나도 못한 본성을 내보이는 냉이 앞에서
왈칵 단내 나는 울음이 난다
코끝에 맺힌 비굴한 인정은
냉이보다 못한 속을 보이는 일
나처럼 뿌리까지 뽑아내어 울어줄
본성을 알아차리는 누군가에게
겨울 빈 밭 몇 동강 떼어내고 싶다

– 「냉이」 전문

「냉이」는 심지 않아도 산과 들에 자생하는 식물이다. 추운 겨울에도 잘 자라며, 동지가 지나면서 싹이 트고 음력 2월이나 3월에 줄기가 나온다. 화자는 '봄나물을 캐면서 잔뜩 물고 있을 겨울을 뽑았다'고 한다. 그런 과정에서 '잎보다 길고 실한 뿌리'가 '겨울을 달고 오느라 흙 속에 잔뿌리 몇을 두고 왔다'면서 이를 '본성을 두고 온 것'으로 풀이한다. '본성이 뽑히는 오늘/ 나도 못한 본성을 내보이는 냉이 앞에서/ 왈칵 단내 나는 울음이 난다'는 것이다. '비굴한' 인간들의 정리가 '냉이보다 못한 속을 보이는 일'이라고 자조 섞인 푸념을 하면서 '뿌리까지 뽑아내어 울어줄/ 본성을 알아차리는 누군가에게/ 겨울 빈 밭 몇 동강 떼어내고 싶다'고 한다. 「냉이」를 통해 자신의 본성을 돌아보며, 존재의 본질에 대해 가열한 삶의 의지를 보여준다.

이국의 냄새를 맡고 눈을 뜨는 날에는
곁눈으로 보아둔 좁은 문을 열고 싶다
걸어 나가는 발등에 흥분한 실핏줄이
기다렸던 돋음을 하고
혈관이 맑게 흐르는 것을 보는 것이
오늘까지는 즐거운 일이다

무서운 꿈을 꾸지 않은 새벽을 맞이하고
공허하지 않을 단단한 마음
어제까지 목뼈에 살던 통증이
손목으로 옮겨왔으니 얼마나 다행이야

곧 손끝에서 없어질 찌릿한 파열음
점점 좋아지는 몸의 희열에
맨발로 달려가도 숲이 길을 낼 것 같아

그렇다면 당신은 어떤 아침의 대기권에서
몸을 열기 시작했을까
시각은 가려지고 등은 무거워
서평에 기대는 가련한 시인처럼
어깨만 둥글게 말고 있다면
잎을 잃고도 비리고 싱그러운 꽃을
통찰하는 늙은 밤나무 같기를
엄밀한 것들이 마침내 가벼워지니까

– 「내 발등 혈관이 푸르다」 전문

「냉이」가 자연의 물성을 노래한 작품이라면 「내 발등 혈관이 푸르다」
는 인간의 본연지성을 노래한 작품이다. '이국의 냄새를 맡고 눈을 뜨
는 날에는/ 곁눈으로 보아둔 좁은 문을 열고 싶다/ 걸어 나가는 발등
에 흥분한 실핏줄이/ 기다렸던 돋음을 하고/ 혈관이 맑게 흐르는 것
을 보는 것이/ 오늘까지는 즐거운 일이다'. 그렇다. 나이가 들면 순환기
장애가 일어나기 쉬운데, 혈관이 맑게 흐르는 것은 즐거운 일이다. '목
뼈에 살던 통증이/ 손목으로 옮겨'가고, '점점 좋아지는 몸의 희열에/

맨발로 달려가도 숲이 길을 낼 것 같기도 하다. 그러면서 '잎을 잃고도 비리고 싱그러운 꽃을/ 통찰하는 늙은 밤나무 같기'를 갈망한다. 사물의 본연지성은 언젠가는 가벼워진다는 사실을 추론하고 있다.

인간의 본성을 찾기 위해 화자는 '기다리는 본성 위에/ 비튼 질문 하나를 흘리고 가기(「길1」)'도 하고, '종일 먹지 않은 빈 뱃속에서/ 이슬 말라가는 소리'를 듣기도 한다. '본성과 다른 일을 하고 난 날/ 살아있다는 생각(「나의 사월」)'이 서럽기도 하고, '그 설움'을 '옹이에 남기고/ 뿌리 깊은 솔향의 농밀(「노송」)'함을 음미하는 마음 여행을 하기도 한다.

3. 물결 젖은 달, 어머니

어머니는 자식들이 그리는 마음의 본향이다. 자녀를 위해서 어머니는 자기희생을 기꺼이 선택했고, 자녀를 바르게 기르고자 하는 열망은 늘 뜨거웠다. 받는 것보다 베푸는 것을 당연하게 생각하며 자녀를 위해 묵묵히 몸 바쳐 일하는 모습은 성자를 닮아있다. 사람들은 어려운 일이 있거나 절망적일 때 어머니를 부르며 감동을 나누게 된다. 그러나 자식들은 살아생전에는 어머니의 사랑을 제대로 표현하지 못하다가 돌아가신 뒤에야 못다 한 사랑을 절절하게 읊조리게 된다.

그립기 시작하면 눈 밑이 부풉니다
눈 밑이 부풀면 까만 동공에 맺히는
푸른 나무 어머니는 그 위에서 손짓합니다
그것으로 다 할 수 없는 언어

어머니는 생전에 불렀던
섬마을 선생님이나 동백 아가씨를 불러
온통 머릿속을 출렁이게 합니다

눈을 앙다물어 숨겨볼수록 어머니는
밀물에 비릿한 갯내로
또 다른 감각을 열고 옵니다

해초 같은 기억은 휘감겨 오고
그리움은 한겨울 새까만 돌김처럼
온몸에 돋는데
뼛속까지 그리운 어머니
부상扶桑의 그 나무를 마당에 심을까요

밤마다 물결 젖은 달이 어머니 같아서
물속에서 건져 오지만
흐느낀 눈을 뜨면 실처럼 엉킨 그리움만
새벽 창에 쏟아집니다

—「꿈에 건진 달」 전문

세상에 어머니의 사랑처럼 숭고한 대상이 있을까. 모성애는 모든 사랑의 단초가 되며 살아가는 힘의 원천이 된다. 자애와 헌신으로 자녀를 위하여 일생을 보낸 어머니가 시간과 공간을 초월하여 형상화되고 있음을 본다. 어머니는 순수하고 고귀한 마음으로 살아오셨기에 화자는 '달'을 보면서도 무한한 감동을 느낀다. '그립기 시작하면 눈 밑이 부풀 정도이다. '눈 밑이 부풀면 까만 동공에 맺히는/ 푸른 나무 어머니는 그 위에서 손짓'을 한다. 어머니가 즐겨 부르던 노래는 '온통 머릿속을 출렁이게' 한다. '눈을 앙다물어 숨겨볼수록 어머니는/ 밀물에 비릿한 갯내로/ 또 다른 감각을 열고' 온다. 어머니는 '한겨울 돌김처럼 온몸에 돋'아 '뼛속까지' 그리워 어머니를 위해 '해가 뜨는 동쪽 바다에' 신성한 '나무를' 심고 싶어진다. '밤마다 물결 젖은 달이 어머니 같아서/ 물속에서 건져 오지만/ 흐느낀 눈을 뜨면 실처럼 엉킨 그리움만/ 새벽 창에 쏟아'진다고 한다.

　　영 보이지 않던 당신이
　　혹여 길을 잘못 들어 물살에 갇혔을까
　　바위까지 덮고 자란 해초에 걸렸을까
　　마음 전한 오늘 새벽에는 기어이
　　섬 굽은 곳 손짓하는
　　바다 끝에서 오시는 꿈을 꾸고 나는
　　물새 되는 환상으로 바다에 나간다

　　흰 배 볼록한 물새는

번갈증에 몇 번이나 깃을 적셔댄다
푸른 물 뱉어내던 바닷물에 기어이 담근 부리
호흡이 거칠다

안개 짙은 깊숙이 해령海嶺 아름다운 곳에
언젠가 돌아가서 누울
빨갛고 통통한 풀이 예쁜
언덕 하나 묻어둔 뒤로
자꾸만 나선螺線을 그리는 물새가 된다
나는 흡사 미명을 남기고 간
해가 돌아올 길을 찾는 듯한데
까만 점으로 시작하는 소용돌이 속에서
다시 찾는 당신, 어머니

– 「다시, 어머니」 전문

    자녀를 위해 헌신적인 삶을 살아온 어머니는 꿈에도 그리게 되는 그리움의 대상이다. 화자가 그리는 어머니는 시간과 공간을 초월하여 형상화되고 있다. '물살'에 갇혔는지, '해초'에 걸렸는지 '영 보이지 않던 당신'을 '바다 끝에서 오시는 꿈을 꾸고/ 물새 되는 환상으로 바다에 나간다'. '흰 배 볼록한 물새는/ 번갈증'이 걸려 '몇 번이나 깃을 적셔댄다'. 어머니가 얼마나 그리웠으면 가슴이 답답하고 목이 마른 병

적 증상이 일어나겠는가. 물새로 은유한 화자는 '호흡'마저 거칠어진
다. '빨갛고 통통한 풀이 예쁜/ 언덕'에서 '나선(螺線)을 그리는 물새
가 된다'. 세상의 모든 어머니는 숭고하고 아름다운 존재가 아니던가.
순수하고 고귀한 마음으로 살아왔기에 자식들은 감동하고, '까만 점
으로 시작하는 소용돌이 속에서'도 '다시 찾'게 된다.

　생경한 의식으로 빛을 훑어 담고
　그대를 체험하는 내밀한 봉인의 공간에
　은빛 굴렁쇠 굴러가는 소리

　미지로부터 환청을 경험한 것은
　달이 둥글기 시작한 때
　붉고 이상한 달이 잠시 있다 없어진 바다에서
　순백 갑사 두른 둥근 어깨처럼
　도도하게 드러난 이지理智

　멀어질수록 곁에 두는 것
　그곳이 어디라도 수없이 빛을 내던
　하늘이 깊을수록 숨긴 색은 짙어지고

　드러나는 얼굴에게
　누가 멈추라고 말하는 것일까

달은 한사코 그대로 있기를
경계를 벗은 하늘에 유영하는 연모

이대로 깊은 밤

- 「달, 끝없는 관조」

　관조란 주관을 떠나 고요한 마음으로 사물을 관찰하는 것. 사전적 의미로는 통찰이나 관찰과 어느 정도 그 맥락을 같이 하는 것으로 볼 수 있다. 달은 낭만이다. 초승달이나 그믐달은 신비를 보여주고, 보름달은 풍요를 선물한다. 사랑을 상징하면서 끝없는 관조의 대상이 되기도 한다. 화자는 '생경한 의식으로 빛을 훑어 담고/ 그대를 체험하는 내밀한 봉인의 공간에/ 은빛 굴렁쇠 굴러가는 소리'를 듣는다. 시각 이미지가 청각 이미지로 환치되면서 절묘한 풍경을 연출한다. '미지로부터 환청을 경험'하면서 '달이 둥글기 시작'하면 '순백 갑사 두른 둥근 어깨처럼/ 도도하게 드러난 이지(理智)'를 본다고 했다. '달은 한사코 그대로 있기를' 거부하면서 '경계를 벗'어나 '하늘에 유영하는 연모'를 보인다. 깊어가는 '밤'을 관조하는 화자의 시심이 잘 드러난다.
　이런 현상은 '별이 별에게 건너가서 멀어진 별의 가슴 같은 먹먹한 곳에/ 귀를 대'기도 하고(「별─무수한 기억의 편린─」), '달은 누구를 보기 위한 거울'이 되기도 하다 '먼발치에서 고개를 주억거리고/ 할 말 많은 눈빛을(「이상한 저녁 닭장」)' 보낸다. 바다를 보면서 '마지막 인사는 은하처럼 일렁이는 물결로 말'하기도 하고, '혼미한 시간이 오기 전에/ 달(「바다에게」)'을 품고 스며들기도 하는 깨달음의 세계를 보여준다.

4. 심장에 그려 넣는 우주의 파장

우주는 일반적으로 지구 대기권 바깥의 공간을 말한다. 그러나 넓은 의미의 우주는 사물이 존재하는 공간이나 세상에 존재하는 모든 것을 의미한다. 화자가 다루는 우주는 넓은 의미의 우주와 연결된다. 삼라만상을 포함한 우주 전체를 말하며, 지구와 인간을 포함하는 개념으로 인식하여 심장에 그려 넣기도 한다.

매화는 봄의 전령이다. 화자의 감각은 예민하여 봄을 열면서 '꽃잎 여는 소리'에 '온몸이 떨'리는 현상과 '밤에 끓이는 찻물'을 보면서 '적요한 우주의 파장을 심장에 그려 넣기도' 한다.

밤에 끓이는 찻물은
적요한 우주의 파장을 심장에 그려 넣는다
어느 시인의 진부한 이마에
안경을 벗으면 사라지는
활자가 가득하고
찻상 건너 앉을 날을 기다리는
서사시 한 권으로 담을 쌓는다
하여 긴 시간

백 년도 넘은 옹이 삭은 무화과나무에

누구도 읽지 않을 시집을 걸어놓고

고작 담론만

그은 줄에 종이가 패도록 암송하는데

끝나고 돌아가는 빈 배에

서툰 향가나 실어 보내는

생각할수록 고단한 그 삶의 이기여

– 「매화차 마시는 밤」 전문

세상에는 다양한 사물과 복잡한 현상이 서로 얽혀있다. 사람들의 생각과 감정 또한 복잡하고 다양하다. 삼라만상의 세계에서, 우리는 그 복잡함을 이해하고 존중하며, 이를 통해 더 깊고 의미 있는 관계를 만들기 위해 노력한다. 자연의 복잡한 면모와 다양한 상황을 이해하는 인간 정신을 탐구하며, 깊이 있는 관찰과 이해를 통해 자연과 인간, 세상의 진리에 다가가는 철학적인 의미를 담아낸다.

시인은 「매화차 마시는 밤」에서 '서사시 한 권으로 담을 쌓'기도 하고, '백 년도 넘은 옹이 삭은 무화과나무에/ 누구도 읽지 않을 시집을 걸어놓'기도 하면서 '담론을 그은 줄에 종이가 패도록 암송'한다. 그러나 '끝나고 돌아가는 빈 배에/ 서툰 향가나 실어 보내는/ 생각할수록 고단한 그 삶의 이기'를 체감하기도 한다. 작은 사물의 움직임을 보면서 우주 현상을 연계하는 상상력은 그 진폭이 넓고 깊다.

산이 비었다고 마음대로 드나든 바람이

달빛 자박이는 소리 꽃눈 바람 쐬는 소리
터지는 향 가두지 못해 붉게도 신음하던
매화 꽃잎 여는 소리에 온몸이 떨린다

더운 꿈자리에 놓인 연분홍 암향
열리는 꽃잎마다 다 아팠을까
아무 앞에서 피는 것은 아니지
돌아앉거나 숨죽이고 서는 날
떨리는 월광매月光梅 눈빛이여

유연한 가지에 달이 걸리면
나는 둥글고 앳된 소녀가 될 테니
또 한 번 봄이 되어 주겠니

고운 바람 고르게 불어 잔웃음 나는 얼굴이
꽃이 되는 그 봄

- 「산매화」 전문

안목은 아직 도래하지 않은 미래를 현재의 사물이나 흐름과 같은 현실적 정황에 근거하여 다가올 상황을 실제에 가깝도록 판단하거나 추정하는 능력을 말한다. 수준차는 안목의 수준 차이에서 발생하는 것인데, 이 안목의 차이를 '안목 지능'이라고 한다. 다시 말해 내면의 가치를 볼 수 있는 내면의 눈이 '안목'이고, 내면의 눈 수준이 '안목 지능'이다. 안목 지능은 사물의 이면을 인식해 숨은 가치를 발견하고 이것을 실행할 수 있는 능력은 물론 고정관념을 뛰어넘는 능력까지 포함한다. 안목 지능이 높은 시인은 보통 사람들이 이야깃거리가 되는지조차 알지 못하는 곳에서 긍정적인 결과를 만들어 낸다.

이런 관점에서 정소란 시인의 안목 지능은 높은 편이다. '산이 비었다고 마음대로 드나든 바람'을 보기도 하고, '달빛 자박이는 소리'와 '꽃눈 바람 쐬는 소리'를 듣기도 한다. '터지는 향 가두지 못해 붉게도 신음하던/ 매화 꽃잎 여는 소리에 온몸이 떨리는 현상을 보고 듣기도 한다. '열리는 꽃잎'의 아픔을 느끼면서 '떨리는 월광매(月光梅) 눈빛'을 보고, '앳된 소녀가' 되어 '봄이 되어' 주기를 갈망하기도 한다.

꽃잎이 열리는 현장에서 우주의 움직임을 감지하고, '고운 바람 고르게 불어 잔웃음 나는 얼굴이/ 꽃이 되는 그 봄'을 노래하기도 한다.

'소금기 남은 눈물 섬에/ 한 그루 매화목'을 심기도 하고, '섬 허리에 달을 걸어 놓기도 하면서 '하얀 산증(疝症)에 동동거려 재촉하면/ 꽃잎 열어 봄을 만들고도 끝내' '매화 핀 가지에 달을 걸지 못했(「매탕(梅宕)」)'다고 안타까워한다. '상상하는 일이 벌어지는/ 그 꽃잎 치마 끝에/ 완벽한 낙화도 기다리는 일(「매화야 부르는 말」)'이라고 읊조리기도 한다.

5. 사소한 것, 저 윤회의 법칙

　인간과 자연은 순환하며, 세상에 존재하는 모든 현상은 윤회한다. 삶과 죽음은 윤회하며, 사계절과 밤낮도 윤회한다. 구름과 바람이 비가 되고, 빗물은 다시 증발하여 수증기로 변했다가 구름이 되고, 구름은 다시 비로 변하는 것 또한 자연의 윤회 현상의 하나이다.

　윤회는 지은 대로 받는다는 자업자득의 원리에 기초를 둔다. 착한 일을 하면 즐거운 결과를 얻게 되고, 악한 일을 하면 괴로운 결과를 받기 마련이다. 자기가 한 일에는 자기가 책임을 져야 하는 것이 세상 사는 이치이다.

　정소란 시인은 세상에 존재하는 사소한 것들의 변화에서 이러한 윤회의 법칙을 찾아내는 삶의 지혜를 보여준다.

　건너 산 하나를 칡이 덮어 원시림을 만들고
　어느 길 하나라도 두었다면
　질긴 뿌리쯤 발을 자르고
　천일염 한 줌으로 싹을 녹이진 않았을 텐데
　진열을 벗어난 힘 좋은 말처럼
　아직도 앞뒤 없이 넝쿨은 빠르게 걸어온다
　벗어날 길을 찾지 못하고
　기다리는 시간 안색은 흐려
　소금 같은 땀이 난다
　여기서 웅크린 시간이 얼마인가

기분 좋은 습기는 없어지고
솔밭 사이에 드나들던 바람도 잦아든다

– 「산 윤회의 법칙」 전문

　우주를 구성하는 자연은 순환하는 본성을 보이면서 탄생과 죽음, 재탄생이라는 순환의 고리를 끝없이 반복한다. 사물의 존재는 사후에도 계속되어 새로운 형태로 나타나는 것을 의미한다. 우주의 윤회는 모든 존재가 지속적으로 변하고, 발전할 수 있도록 하면서 모든 것들을 균형 있고 조화롭게 유지될 수 있도록 했다.

　이런 원리를 감지하고 있는 정소란 시인은 '칡'이 덮인 '산'을 보면서 '원시림을' 연상하면서 '질긴 뿌리'의 어디쯤 '발을 자르고', '천일염'으로 '싹을' 녹이지는 않아 '넝쿨이 빠르게' 자라는 모습을 보면서 윤회의 법칙을 되새기다 때로는 '벗어날 길을 찾지 못'해 '기다리는 시간'에 '안색'은 흐려지고 '소금 같은 땀이' 나기도 한다.

　산의 변화와 움직임에서 우주의 변화를 체득하고 존재의 유무를 헤아린다. 존재가 경험하는 생명과 우주의 순환적 움직임을 바라보면서 개인적인 성장과 진화를 인식하고 우주의 질서와 진화를 조정해 모든 존재가 지속적으로 발전할 수 있도록 자신이 해야 할 존재의 역할을 밝힌다. 시간과 공간을 넘어서 우주의 모든 생명 현상을 살피고, 우주 전체에 영향력을 끼치는 존재는 보편적이면서 무한하고 영원한 존재임을 확인하기도 한다.

볼 수 없는 어머니의 살다간 세월이
가버린 그 날을 데려 십이월 찻집에 있다

귓불보다 작은 망울이 어린 날 시간으로
빨갛게 맺혀있고
헐겁게 등에 붙은 배를 하고도
의연히 웃더니 비로소 임종 앞에서 보인
두려운 눈빛과 닮은 물기 잃은 꽃 꼬투리
입김 서린 창에서 시린 겨울
밖을 보는 저 애상

기억 아래 가라앉아
차가운 바람으로 다녀가던 얼굴
꽃이 지고도 바래지 않는
저 선인장 꽃 같은 얼굴

배경이 낯선 찻집에서 문득 만난 오늘
차향은 목을 넘지 못하고
울컥 언덕 하나를 만든다

- 「붉은 꽃 게발선인장」 전문

게발선인장은 잎의 모양이 마치 게의 발처럼 생겼다고 해서 붙여진 이름이다. 잎의 색깔과 모양도 종류에 따라 다양하며, 잎의 모양만큼이나 다양한 꽃을 피우며, 그 빛깔의 화려함 때문에 나이가 많은 어머니 세대가 좋아하는 꽃이다.

화자는 겨울 '찻집'의 창가에 앉아 「붉은 꽃 게발선인장」을 보면서 지금은 '볼 수 없는 어머니의 살다간 세월'을 회상한다. '귓불보다 작은 망울이 어린 날 시간으로/ 빨갛게 맺혀있고/ 헐겁게 등에 붙은 배를 하고도/ 의연히 웃더니 비로소 임종 앞에서' '두려운 눈빛과 닮은 물기 잃은 꽃 꼬투리'가 '시린 겨울'을 보면서 슬픔에 잠겨있다. 그리고 '차가운 바람으로 다녀가던 얼굴/ 꽃이 지고도 바래지 않는/ 저 선인장 꽃 같은 얼굴'을 회상하게 된다. '찻집'에서 어머니가 좋아하던 「붉은 꽃 게발선인장」을 보고 차마 차향도 제대로 음미하지 못하고, 가슴 먹먹한 '언덕'을 만나 어머니의 사랑에 대한 사모의 정을 읊조린다.

이러한 흔적은 '뿌리가 시작되던 하늘을 보다가/ 따갑게 쏟아지는 볕으로/ 출처를 덮는 이국의 낙수(「소나기」)'를 보기도 하고, 「데미안을 읽는 아들」을 보면서 '내 시대가 아닌 곳에서 벌어진 일들에 대해/ 그가 쓴 책을 들었다는 이유로/ 이해'하기도 한다.

자연과 인생은 탄생하여 잠시 머물다가 쇠퇴하고 결국에는 사라지는 순환을 하게 된다. 존재의 본질과 모든 현상의 무상함을 이해하는데 기본이 되고, 모든 존재는 서로 연결되어 상호 의존적인 관계가 되기도 한다. 개인의 행동은 개인뿐만 아니라 다른 존재들과 연결되어 있다. 이러한 과정은 생명과 죽음의 무한 반복을 통해 개인이 경험을 통해 성장하고 진화를 나타내고 영적인 발전과 해방을 향한 과정으로 해석할 수 있다.

　지금까지 정소란 시인의 시를 읽으면서 그가 고향에 대해 느끼는 원초적인 그리움과 인간의 본성을 찾아가는 마음 여행을 헤아려 보고, 물결 젖은 달을 보면서 어머니를 연상하는 맑은 심상과 심장에 그려 넣는 우주의 파장을 보면서 사소한 것을 보면서도 윤회의 법칙을 인식하며, 사색과 관조를 통해 깨달음의 길을 찾아가는 시 세계를 살펴봤다.
　그는 자신만의 오롯한 시 세계를 구축하기 위해 꾸준히 정진했다. 자신이 꿈꾸는 시인의 모습을 그리면서 더 잘할 수 있다는 자긍심으로 깊이 있게 천착하는 모습을 보인다. 저간에 보여준 온기 있는 시에 소중한 가치를 부여하면서 인간과 자연을 사랑하는 방법을 일깨웠으면 한다. 작은 일에 휘둘리지 않고, 큰 안목으로 시업에 정진하다 보면 뜻한 바를 이루어낼 수 있을 것이다. 성공하는 시인이 되는 것은 시에 어떤 담론을 어떻게 담아낼 것인가 깊이 있게 궁구하는 화자의 노력에 달려있다. 사색과 관조에 의한 깨달음의 길을 찾아 곤고하게 살아가는 현대인들의 자양이 될 것을 기대한다.

2024.10.25.

매화 꽃잎 여는 소리에 온몸이 떨린다

펴 낸 날 2024년 12월 20일

지 은 이   정소란
펴 낸 이   이기성
기획편집   윤가영, 이지희, 서해주
표지디자인 윤가영
책임마케팅 강보현, 김성욱
펴 낸 곳   도서출판 생각나눔
출판등록   제 2018-000288호
주   소   경기도 고양시 덕양구 청초로 66, 덕은리버워크 B동 1708, 1709호
전   화   02-325-5100
팩   스   02-325-5101
홈페이지   www. 생각나눔.kr
이 메 일   bookmain@think-book.com

• 책값은 표지 뒷면에 표기되어 있습니다.
  ISBN   979-11-7048-811-8(03810)